Le *sexe* dans la vraie vie

Éditions Kiwi
16, rue de Lancry, 75010 Paris

Direction : Édouard Frison-Roche
Direction éditoriale : Katia Kaloun
Édition : Lucie Bernamont et Marion Vergnolle
Création graphique et mise en pages : Charlotte Thomas

ISBN : 978-2-37883-175-2

JORDY OUMIRA

@mister.ose

Préfacé par Amal Tahir

Le sexe dans la vraie vie

Le guide sexo non censuré pour se défaire de ses idées reçues en matière de cul

KiWi

Note aux lecteur·rices

Pour plus de représentativité
et une meilleure inclusivité,
j'utilise l'écriture inclusive.
Ainsi, j'inclus masculin
et féminin là où c'est approprié
par l'utilisation du point
médian (·) ou de termes neutres,
notamment « iel », contraction
de « il» et de « elle ».

Sommaire

Préface

Honorée. C'est le premier mot qui me vient brutalement à l'esprit lorsque Jordy m'écrit pour me demander de faire sa préface pour son tout premier livre. Un premier livre… Je m'en souviens comme si c'était hier, dans les bureaux de la maison d'édition Kiwi : l'excitation, les mains moites mais le cœur prêt à exploser. Chez moi, les mots brûlants qui veulent tous sortir par mes dix doigts et qui tapent sur mon ordinateur, l'envie de tout dire et la peur de ne rien dire, le besoin de guérir, le besoin de mûrir, de grandir. C'est un honneur, en tant qu'écrivaine, d'écrire la préface d'un autre écrivain. C'est avoir l'honneur de donner, avant que les lecteur·rices puissent se perdre dans tous ces mots, un ton à l'ouvrage. C'est important, c'est une marque de confiance, d'amour et de respect que j'apprécie particulièrement.

Après toutes ces émotions puissantes, je ressens un bonheur indéniable qu'un nouveau livre abordant le thème des relations, de la sexualité voie encore aujourd'hui la lumière du jour. C'est enthousiasmant et prometteur pour l'évolution que nous voulons construire dans ce monde. Chaque jour, nous essayons d'éclairer les chemins des personnes vis-à-vis de leurs sexualités. Et je le dis au pluriel car, comme le précise Jordy, il y a plusieurs premières fois, et notre sexualité peut être multidimensionnelle.

Dans ce livre, cher·e lecteur·rice, tu vas voyager dans la sexualité, enrichir tes connaissances, explorer des pratiques et en découvrir un peu plus sur toi, les autres, le monde autour. J'espère qu'un jour, tous et toutes, ensemble, nous pourrons combattre la diabolisation de la sexualité, le manque d'information, la honte, les lacunes de l'intimité.

La sexualité n'est pas uniquement le royaume du plaisir : je me bats pour dire aux gens qu'elle est aussi un domaine traumatique, un domaine rempli de blocages. Ce n'est pas toujours que du bonheur, ce peut aussi être une épreuve pour celles et ceux qui ont peur de l'intime, pour celles et ceux qui ont vécu des choses difficiles, pour celles et ceux qui n'ont pas confiance en elles·eux et qui ont peur de laisser autrui rentrer. C'est un combat contre la société qui prône une sexualité « toxique », comme j'aime la nommer, et un amour toxique également.

Toutes ces œuvres qui abordent ces sujets sont des armes pour combattre et annihiler ces enseignements toxiques qui se sont ancrés en nous. J'espère que ce livre rempli de passion et d'amour saura t'aider pour aller plus haut et plus loin de façon saine.

« Car l'amour n'est pas un état, mais une action continuelle, une sorte d'équilibre dynamique, qui se met en question à chaque instant. »

Jean-Claude Hamel

Amal Tahir

Préambule

Rien n'aurait pu laisser présager que ces mots se retrouvent un jour sous vos yeux. Aussi, je me dois de vous partager cette histoire.

Tout a commencé sur le réseau social Instagram. Je partageais des jeux de mots et autres calembours autour de la sexualité sous le pseudonyme « Les dents de ta mère », un compte sans prétention grâce auquel je pouvais m'exprimer en toute légèreté.

C'est lorsqu'un abonné est venu me demander conseil pour ses problèmes conjugaux sans aucune raison apparente que les choses ont changé. Il traversait, semblait-il, une tempête émotionnelle. Je décidai de lui répondre en faisant preuve de bon sens, tout en m'appuyant sur mon expérience personnelle. Quelle ne fut pas ma surprise lorsque, deux semaines plus tard, il me remercia d'avoir contribué à sauver son couple !

Fin de l'histoire.

Du moins, c'est ce que je croyais.

Rapidement, et sans savoir pourquoi, peut-être le bouche-à-oreille, d'autres demandes de ce type se sont mises à affluer. La modeste communauté que j'étais en train de bâtir me demandait de plus en plus de conseils liés à la sexualité. Je pris alors la décision de changer de pseudonyme et de supprimer le contenu existant sur mon compte pour me lancer dans une nouvelle aventure.

Mister Ose était né.

@mister.ose, c'est le fruit de nombreuses heures de travail, de réflexions et d'études autodidactes sur la santé sexuelle. C'est un espace éducatif et informatif à destination de toutes les personnes qui souhaitent apprendre, comprendre ou approfondir leur réflexion sur la sexualité, leur sexualité. C'est aussi un espace de déconstruction positive pour qui souhaite entretenir des relations plus saines dans sa vie sexuelle ou amoureuse.

Après des mois de réflexion, j'ai souhaité m'exprimer encore plus librement. Même si les réseaux sociaux apportent aux créateur·rices de contenu une visibilité certaine et de nombreux outils pour travailler, leur face cachée est plus problématique. La censure y est beaucoup trop présente, et tout un chacun peut voir son travail réduit à néant du jour au lendemain, encore plus lorsqu'il est question de contenus liés au sexe. Or, la sexualité fait partie de la vie de la grande majorité d'entre nous. Elle existe depuis la nuit des temps ; pourtant, la société nous impose de faire comme si : comme si le sexe était quelque chose d'obscène et mal vu, comme s'il devait être relégué au second plan, comme si notre intimité était factice ; en somme, de faire comme s'il n'existait pas.

Au fil du temps, mon expérience personnelle, véritable conjugaison d'erreurs, d'échecs, de réflexions, de discussions, de remises en question et de réussites, m'a appris que porter ces œillères sociétales m'empêchait considérablement de visualiser ma sexualité dans son ensemble et donc de résoudre les blocages qui pouvaient y être liés.

Aujourd'hui, ça va mieux ! Merci de vous en soucier.

Mais force est de constater que la sexualité n'est pas innée. C'est un art que l'on doit observer et apprivoiser avec patience afin d'en découvrir toutes les subtilités. Même lorsque l'on pense avoir fait le tour du sujet, on se rend vite compte qu'il n'en est rien, que l'on ne cessera jamais de découvrir et d'apprendre. Et c'est précisément cette curiosité qui nous motive inlassablement à explorer la beauté de la chose. Car oui, la sexualité est belle lorsqu'elle n'est pas biaisée, détériorée ou détruite par des actes malintentionnés, violents et délictueux. C'est d'ailleurs pour lutter contre ces actes que j'ai voulu faire de la bienveillance mon cheval de bataille. Dans les bons jours, je me plais même à croire que notre société est en train de prendre un virage tel que les questions irrésolues d'égalité, de parité et de respect ne seront bientôt plus qu'un amer souvenir – certaines personnes y verront là de l'utopie, d'autres y liront l'espoir.

Les pages que vous vous apprêtez à lire sont d'ailleurs teintées d'espoir. Comme dans nos quotidiens respectifs, il surgit lorsque l'on ne s'y attend pas, nous emplit le cœur et l'esprit. Il nous aide à avancer malgré les difficultés de la vie et embrasse nos rêves pour mieux les servir. Sans lui, le moindre obstacle nous jetterait à terre pour toujours.

C'est pour toutes ces raisons que nous ne devons pas baisser les bras. Jamais. Chaque expérience est singulière et contribue intrinsèquement à la construction de nos identités d'aujourd'hui et aux nous de demain.

Qui souhaitons-nous être au plus profond de nous-mêmes ?

Quelles sont nos réelles aspirations, nos véritables envies ?

Ces questions se posent aussi lorsque l'on aborde le sujet de la sexualité dans son ensemble, et les refouler n'apporte rien d'autre qu'un mal-être que l'on nourrit et qui grandit avec le temps. A contrario, assumer ses envies – et, a fortiori, ses besoins – permet de tendre vers un épanouissement sexuel certain, que l'on soit célibataire ou non. Il me semble également que c'est ainsi que les relations sentimentales prospèrent.

Et c'est en écoutant activement cette voix qui résonne au fond de nous que nous pourrons véritablement nous épanouir et revivre inlassablement les frissons que procurent les premières fois.

Avertissement

À travers ce livre, que j'ai voulu au maximum inclusif, j'ai souhaité partager une vision de la sexualité parmi d'autres. « Parmi d'autres », car la sexualité est plurielle.

La vision que je présente se décline en deux parties distinctes : une partie théorique, inspirée des posts que j'écris sur les réseaux sociaux, et l'autre fictive, en guise de mise en situation.

De plus, ces pages ne vous livreront pas la vérité – chaque personne est différente, chaque couple possède sa propre singularité. Elles existent pour partager un angle de vue parmi tant d'autres et, je l'espère, apporter certaines réponses aux personnes qui en cherchent.

Bien sûr, il vous faudra parfois adapter les exemples et conseils que je partage à votre situation personnelle, parfois même à vos affinités. Mais ces conseils, sachez-le, ont été écrits avec la plus grande bienveillance, dans le respect de toutes les pratiques et de toutes les sexualités.

Par ailleurs, même si ce guide vous livre un certain nombre de réponses, une partie d'entre elles ne pourront être trouvées qu'au fond de vous-même. Aussi, j'ai souhaité inviter les lecteur·rices que vous êtes à l'introspection à travers des séries de questions qui vous permettront d'avancer à votre rythme sur les sujets abordés.

Je vous souhaite une belle lecture, en espérant que celle-ci vous aide, vous interroge, vous enchante et vous bouscule.

1

Les *premières* fois

(oui, oui, elles sont plusieurs)

J'ai découvert la sexualité lorsque j'étais enfant. J'avais 4 ou 5 ans tout au plus et je me souviens encore de cette période d'exploration si agréable et singulière. Lorsque j'ai pris conscience que mon corps était capable de générer une quantité quasi infinie de plaisir (je ne vous fais pas de dessin), je me suis mis à profiter de ce privilège. Sans m'en rendre compte, je vivais mes toutes premières fois en tête à tête avec moi-même.

Les échanges que j'entretiens avec ma communauté tendent à confirmer que beaucoup d'entre nous avons découvert cette part de nous-mêmes avant l'adolescence. Évidemment, ce n'est pas une vérité absolue. Certaines personnes s'y intéressent et l'explorent durant la puberté ou à l'âge adulte, d'autres n'ont jamais ressenti ou ne ressentent pas le besoin ni le désir d'approfondir cette incursion.

Vous l'avez peut-être déjà compris, il n'existe pas de norme ; et c'est tant mieux car, à mon sens, les seules normes qui auraient une raison d'être seraient **celles qui vous définissent et vous rendent heureux·se**.

Lorsque l'on est enfant, les plaisirs du corps ont de nombreuses vertus qui nous suivent jusqu'à la vie d'adulte : réduction du stress et de l'anxiété, amélioration de l'endormissement et bien-être général.

À l'approche de l'adolescence et de la puberté, la sexualité évolue par étapes. Les bénéfices physiques que l'on ressentait jusque-là se transforment peu à peu en désirs plus concrets. L'attirance pour d'autres personnes se fait souvent plus présente, et les premiers émois naissent comme les rayons d'un soleil matinal.

Premiers contacts avec l'éducation sexuelle

C'est aussi durant l'adolescence que l'on découvre la sexualité plus concrètement, sous son aspect le plus... *technique*, dirons-nous. En effet, l'article L312-16 du Code de l'éducation1[1] prévoit qu'une « information et une éducation à la sexualité [soient] dispensées dans les écoles, les collèges et les lycées à raison d'au moins trois séances annuelles ».

Pour ma part, ce n'est qu'à la fin du collège, en 4e très exactement, que j'ai pu suivre une seule et unique séance qui se rapproche un tant soit peu de « l'information et l'éducation à la sexualité ». Mais si, rappelez-vous votre unique cours de SVT sur ce sujet, sur la reproduction et les IST[2] !

Oui, je fais preuve de cynisme mais, durant toute ma vie scolaire, force est de constater que mes camarades et moi-même n'avons pu bénéficier que d'une paire d'heures d'éducation sexuelle, qui était de plus axée sur ces seules quatre grandes questions :

- Comment la reproduction fonctionne-t-elle ?
- Quels sont les différents moyens de contraception ?
- Comment utilise-t-on un préservatif ?
- Quels sont les risques liés à la sexualité ?

Et qu'en est-il des questions de respect et de consentement ? Pourquoi cette dimension essentielle de la sexualité est-elle ici délaissée ?

Aujourd'hui encore, il semblerait que cette loi de 2001 ne soit pas correctement appliquée par

1. Disponible sur www.legifrance.gouv.fr.
2. Voir le lexique p. 180 pour la définition des termes en couleur.

manque de moyens. Certain·es adolescent·es ont tout de même la chance de pouvoir aborder le sujet de la sexualité avec leur entourage, mais ce n'est pas le cas de tous·tes.

Premier porno

Au moment où j'écris ces lignes, plusieurs sites pornographiques sont menacés de fermeture en France s'ils n'imposent pas un contrôle de l'âge des utilisateurs.

En effet, aujourd'hui, seule une case à cocher intitulée : « J'ai 18 ans ou + » est mise en place sur ces plateformes pour soi-disant n'autoriser que les personnes majeures à accéder à ces contenus. Or, dans les faits, n'importe qui (et donc les mineur·es) peut très facilement visionner du porno s'iel le souhaite, et parfois même lorsqu'iel ne le souhaite pas.

La pornographie est présente partout. Une simple recherche et deux clics suffisent pour en consommer gratuitement. L'objectif ici n'est pas d'en faire le procès, mais de comprendre rapidement les problèmes qu'elle peut engendrer auprès d'un public jeune, non éduqué et non averti.

Elle ne reflète pas la réalité

Il s'agit, la majeure partie du temps, de performances jouées par des acteur·rices. Comme dans les autres fictions, les situations dépeintes sont simulées, et bien souvent surjouées et exagérées. Les jeunes qui s'éduquent avec la pornographie développent alors inévitablement une vision biaisée de la réalité sexuelle.

Elle n'est pas éducative

La pornographie présente des performances physiques et sexuelles la plupart du temps phallocentrées et ne sensibilise pas le public aux différentes composantes de la sexualité (informations scientifiques et biologiques, prévention, protection...).

Elle ne véhicule pas les valeurs de consentement, d'égalité, de communication et d'écoute

Dans le porno, le consentement n'est jamais éclairé. Il est implicitement présenté comme un dû. Or il s'agit d'une composante essentielle de la vie sexuelle, mais aussi de la vie au sens large. L'égalité, quant à elle, n'y est que peu représentée : dans la plupart des vidéos qui circulent librement sur la toile, c'est l'image de femme-objet qui prévaut. Pour ces raisons (et bien d'autres encore), les valeurs de communication et d'écoute y sont, par conséquent, inexistantes.

Voilà pourquoi il devient essentiel de traiter l'éducation à la sexualité comme un enseignement à part entière, sans laisser les ados livré·es à elles et eux-mêmes. Ne l'oublions pas, les jeunes d'aujourd'hui seront les adultes de demain, et nous avons toutes et tous un rôle à jouer pour éviter de reproduire les erreurs auxquelles nous avons nous-mêmes été confronté·es.

Premier contact avec l'autre

Quels que soient notre genre, nos attirances ou nos préférences, nous oublions rarement notre première fois. Je fais référence ici à ce premier contact, à ce moment charnière de nos vies où l'on découvre avec fébrilité le corps d'une autre personne.

Pour ma part, c'est arrivé lorsque j'avais 16 ans. C'était imparfait, doux et maladroit ; pourtant, il s'agit d'un souvenir indélébile. À l'époque, j'étais inconsciemment persuadé que cette première fois me ferait basculer de l'adolescence vers le monde des adultes, qu'un nouvel univers se dévoilerait à moi tel un lever de rideau.

Ce n'étaient que pures spéculations et affabulations.

Je pouvais désormais partager cette nouvelle étape de ma vie avec mes meilleur·es ami·es et ainsi rejoindre le clan de ceux qui savent, et alors ?

Il semblerait que cette tendance à considérer cet événement comme un rite de passage exceptionnel demeure un problème, encore aujourd'hui. J'échange régulièrement avec des membres de la communauté qui portent le poids de **la pression sociale** liée à cette première fois. Beaucoup trouvent encore aujourd'hui anormal d'être *vierges* passée la majorité, comme s'il existait une règle en la matière, comme si cela changeait quoi que ce soit à la valeur d'un individu, à sa maturité.

Je le dis et le répète inlassablement : **écoutez-vous profondément et faites fi de ce que l'on appelle *les normes*.** Personne, et surtout pas la société, n'a à vous imposer quoi que ce soit, encore moins lorsqu'il s'agit d'une chose aussi intime et précieuse que la sexualité.

Prenez le temps. Rien ne presse.

En France, la moyenne d'âge du premier rapport sexuel est de 17 ans environ. Pourtant, nombreuses sont les personnes qui découvrent ce contact à l'âge adulte. En effet, selon le baromètre santé 2016 de Santé Publique France, 33,2 % des femmes et 23,1 % des hommes ont eu leur premier rapport sexuel à 19 ans ou plus. Ainsi, il est tout à fait acceptable et commun de vivre cette découverte à 20, 30 ans ou même plus tard ; tout comme il est tout à fait acceptable de ne jamais avoir de rapport sexuel de sa vie.

En effet, certaines personnes asexuelles ou aromantiques ne vivront jamais cette expérience du fait de leur non-envie ou non-attirance ; par conséquent, certaines feront le choix de ne pas subir la pression sociale liée à cette perte de virginité.

De plus, il est à noter que par « premier rapport sexuel », il n'est souvent fait référence qu'au premier rapport **pénétratif** et, la plupart du temps, **hétérosexuel**. Cela revient à considérablement sous-estimer la diversité de la sexualité, qui ne saurait être réduite qu'à cette seule pratique. Et puis, est-il vraiment nécessaire de considérer cette première fois avec un·e partenaire uniquement lorsqu'il est question de pénétration ? À mon sens, la réponse est « non ».

Les points essentiels à retenir

- L'ÉDUCATION À LA SEXUALITÉ DOIT ÊTRE TRAITÉE DANS SON ENSEMBLE. AU-DELÀ DES ASPECTS ABORDÉS AUJOURD'HUI DANS CES TROIS (C'EST SI PEU !) SÉANCES (ANATOMIE, REPRODUCTION, PROTECTIONS, IST…), ELLE DOIT TRAITER DES SUJETS LIÉS AU CONSENTEMENT, AU RESPECT DE SOI-MÊME, AU RESPECT DE L'AUTRE, À L'ÉCOUTE ET AUX RELATIONS SENTIMENTALES.

- LA PORNOGRAPHIE NE REFLÈTE PAS LA RÉALITÉ. IL EST IMPORTANT DE PROTÉGER LES PUBLICS NON AVERTIS PAR LA PRÉVENTION ET LA PÉDAGOGIE.

- IL N'EST PAS ANORMAL DE VIVRE SON PREMIER CONTACT SEXUEL PASSÉ L'ÂGE ADULTE. CHACUN·E EST LIBRE DE CHOISIR SON MOMENT EN FONCTION DE SON RESSENTI ET DE SES ENVIES, ET LA PREMIÈRE RELATION SEXUELLE COMME EXPÉRIENCE INCROYABLE ET RITE DE PASSAGE EST UN MYTHE.

Les questions à se poser pour avancer sur ces sujets

- AI-JE CONSCIENCE DE TOUTES LES COMPOSANTES DE LA SEXUALITÉ ?
- QUELS SONT LES SUJETS SUR LESQUELS JE POURRAIS ME RENSEIGNER POUR PARFAIRE MON ÉDUCATION SEXUELLE ?
- MA SEXUALITÉ EST-ELLE INFLUENCÉE PAR LA PORNOGRAPHIE ? COMMENT CETTE DERNIÈRE AFFECTE-T-ELLE MES RELATIONS ? POURRAIS-JE AMÉLIORER CERTAINS ASPECTS DE MA SEXUALITÉ POUR ME DÉTACHER DE CETTE INFLUENCE ?
- SUIS-JE RÉELLEMENT PRÊT·E À VIVRE MA PREMIÈRE RELATION SEXUELLE AVEC UNE AUTRE PERSONNE ?
- CETTE ENVIE DÉCOULE-T-ELLE D'UNE PRESSION SOCIALE OU ENVIRONNEMENTALE ? SI C'EST LE CAS, JE VOUS INVITE À RELIRE CE CHAPITRE ULTÉRIEUREMENT ET À NE VOUS LANCER QU'UNE FOIS QUE LA RÉPONSE À CETTE QUESTION SERA « NON ».

1

Le jeune homme se sent fébrile. Il paraît sûr de lui mais n'en mène pas large. Il faut dire que ce n'était pas prévu ; il ne s'était pas préparé à ça.

Plus tôt dans la journée, sa petite amie lui a passé un coup de fil pour savoir s'il accepterait de passer l'après-midi avec elle. Matias ne s'est pas fait prier. Cela fait un mois qu'ils vivent leur amour au grand jour, et chaque seconde passée à ses côtés est pour lui un véritable cadeau. C'est vrai, qui aurait pu imaginer qu'une jeune femme aussi rayonnante qu'elle s'intéresse à un type comme lui ? Bien sûr, il est certainement le seul à avoir une image aussi biaisée de lui-même, mais c'est tout de même ce qu'il pense. Pourtant, lorsque Anaïs pose les yeux sur lui, toutes ces certitudes volent en éclat. Est-ce donc ça, l'amour ?

Il n'en est pas sûr. C'est un sentiment nouveau pour lui, une découverte qui en précédera bien d'autres, il en a conscience. Néanmoins, depuis quelques semaines, Matias se surprend à se noyer dans des pensées bien trop profondes pour qu'il puisse en sortir indemne. De cet amour naissent des craintes qu'il n'avait jamais dû affronter auparavant. Confus, il avance dans ce nouveau chapitre de sa vie en espérant qu'il lui réserve plus de bonheurs que de déconvenues.

Le garçon toque à la porte. Anaïs lui ouvre et se tient debout, face à lui. Elle l'embrasse langoureusement, les mains enserrant sa nuque, puis l'invite à entrer. Les craintes de Matias se manifestent à nouveau ; ses mains sont moites, et il sent l'angoisse pointer au fond de son estomac.

– Je te sens pas au top, bébé, dit-elle en reculant d'un pas.

Matias baisse le regard.

– Certainement le taf. J'en ai ras-le-bol. Bosser de nuit comme agent de sécu, ça va un temps, mais j'ai l'impression de ne plus avoir de vie.

– En même temps, qu'est-ce qui t'empêche de partir ? Concrètement, je veux dire.

– C'est compliqué.

– Qu'est-ce qui est compliqué ?

Le jeune homme marque une pause et élude la question en répondant par une autre :

– Je t'ai déjà dit à quel point tu es belle ?

– Je t'ai déjà dit à quel point tu m'énerves quand tu réponds pas à mes questions ?

– Tu me connais, je suis quelqu'un de complexe.

Ils sourient tous les deux.

Anaïs agrippe fermement les cheveux de Matias et l'embrasse de nouveau. Puis, elle glisse une main sous son T-shirt pour aller au contact de sa peau. Le garçon encaisse une violente décharge d'adrénaline. Sa tête tangue comme un bateau piégé en pleine tempête. Ses pupilles se dilatent.
Il est essoufflé.

Anaïs se penche au creux de son oreille et chuchote :

– J'ai terriblement envie de toi...

Deuxième décharge.

Tiraillé entre peur et excitation, Matias s'octroie quelques secondes de réflexion. Il peine à trouver ses mots.

– Je... J'ai... enfin, comment dire ?

– Parle-moi...

– C'est compliqué.

– Ce qui est compliqué, c'est de vivre seul avec tes pensées. Tu te renfermes sur toi-même et tu gardes tes secrets sans te laisser le droit de les partager avec quelqu'un.

Après un long silence, la jeune femme poursuit :

– Je t'aime, Matias. Je ne te forcerai jamais à me confier des choses que tu ne souhaites pas exprimer. Mais sache que je ne pourrai jamais lire dans tes pensées. C'est dommage, je suis d'accord, mais c'est une réalité. Je vois bien que quelque chose ne va pas mais, sans aide de ta part, je ne pourrai pas t'apporter mon soutien.

Ces mots ont sur le garçon l'effet d'une bombe. Anaïs a raison. S'il ne lui parle pas, elle ne peut pas savoir ce qui lui pose problème. Pire, elle pourrait faire des suppositions et s'imaginer un tas de choses complètement fausses. Matias est un jeune homme intelligent et réfléchi. Il médite un moment et finit par s'ouvrir :

– Je n'ai jamais fait l'amour, avoue-t-il d'une voix à peine audible.

Sa petite amie l'observe en silence, un sourire bienveillant au coin des lèvres. Sans dire un mot, elle sort un objet de sa poche, pose un genou à terre et demande solennellement :

– Matias, accepterais-tu que je t'apprenne à faire l'amour ?

Sans attendre de réponse, elle mime avec ses mains l'ouverture d'un écrin, dévoilant ainsi un préservatif. Surpris, le garçon éclate de rire et l'aide à se relever.

– Ça veut dire oui ? demande Anaïs, heureuse d'avoir sorti Matias de son mutisme.

– Oui, ça veut dire oui.

Fiévreux, le couple se dirige vers la chambre baignée d'une lumière tamisée. Anaïs retire le T-shirt de son amant et le pousse sur le lit. À son tour, elle enlève son haut, dévoilant sa poitrine nue. Quand elle vient rejoindre Matias sur le lit, ses mamelons gonflés de désir se posent délicatement sur le torse du jeune homme, qui a du mal à contenir son envie, comme en témoigne la bosselure de son jean.

Anaïs dépose un baiser dans le cou de son amant et laisse libre cours à son imagination. Sa langue entreprend une danse sensuelle le long de son buste avant de descendre lentement sur son ventre. Arrivée au niveau de la taille, la jeune femme défait la ceinture qui semble la gêner dans son exploration. Dans un soupir bruyant, Matias approuve l'entreprise. Elle déboutonne son pantalon et le fait glisser avec vigueur. Son souffle chaud vient se déposer sur le boxer qui recouvre le sexe raidi de son compagnon. Elle joue avec sa patience. Elle s'amuse avec son désir. L'air mutin, elle lâche :

– Première chose à savoir : plus c'est long, plus c'est bon, paraît-il.

Elle regrette déjà d'avoir prononcé cette phrase. Elle a tellement envie de lui, de son corps, de ses doigts, de sa bouche, de le voir et de l'entendre prendre du plaisir. Et puis, par-dessus tout, elle veut lui offrir ça.

Avec une élégance féline, Anaïs achève de se déshabiller. Matias ouvre les yeux et devine dans la pénombre l'ondulation de sa vulve. À quatre pattes, la jeune femme reprend sa place au-dessus de lui et entreprend un mouvement du bassin. Sur son caleçon, il la sent tiède et humide. Il se tend encore et son gland se met à perler. Il a chaud, il a froid. Il a mal, mais c'est tellement bon. Il a envie d'elle. Il a envie de se défaire de cette tension. En fait, non, il préfère la garder au fond de lui, incandescente. En réalité, il ne sait pas très bien de quoi il a envie. Peut-être veut-il tout à la fois ? Et cette douce torture, a-t-elle un terme ?

Anaïs se redresse pour descendre du lit et, du bout des doigts, libère la douloureuse érection du caleçon. Elle observe la verge tendue et recourbée avec avidité.

– J'ai envie de ta queue, bébé...

Le jeune homme veut répondre mais n'a pas assez de force pour le faire. Il a été pris de court ; pourtant, il est aux aguets. Son esprit, bien que vif, est paradoxalement bloqué, coincé à mi-chemin entre l'humanité et l'animalité.

1

Anaïs plonge la tête en avant et avale la moitié de son sexe avec envie. Le regard brûlant, elle le suce dans un langoureux mouvement de va-et-vient. Très vite, Matias sent monter en lui une chaleur presque surnaturelle. Un plaisir intense le submerge, menaçant de faire éclabousser ses émotions. La jeune femme sentant le jeu arriver à son terme se redresse et déchire l'emballage du préservatif avec ses dents. De ses doigts fins, elle en pince le réservoir pour chasser l'air puis le déroule sur la verge de son petit ami.

– Que dirais-tu d'entrer en moi ? demande-t-elle.

Matias acquiesce puis, tenant son sexe droit, découvre la chaleur de son vagin. Assise à califourchon sur lui, Anaïs se déhanche et s'empale profondément. Sa respiration saccadée se transforme en gémissements prononcés. C'en est trop pour le jeune homme qui, sans le vouloir, déclenche l'explosion finale dans un râle de surprise.

À la fois conquis et honteux, Matias tente de se justifier :

– Je ne pensais pas que...

Pleine d'empathie et lisant l'incompréhension dans les yeux du garçon, l'amante le coupe :

– Ne t'excuse pas. C'est souvent rapide la première fois. Certainement un trop-plein d'émotions.

Elle sourit et, dans un geste de tendresse, lui caresse la joue.

– Merci... C'était incroyable, répond-il.

– Et ce n'est que le début, conclut-elle.

2

Les clés pour vaincre la jalousie

(et reprendre confiance)

Vaincre sa jalousie n'est pas chose facile. Il s'agit **d'un véritable combat contre l'anxiété, la peur et l'insécurité émotionnelle** ; un combat contre soi-même et la vision (souvent erronée) que l'on a de soi-même ou de l'autre. Si je m'autorise à parler de ce sujet bien plus complexe qu'il n'y paraît, c'est parce que je suis moi aussi passé par ces phases de doutes et de craintes qui rendent le quotidien amoureux **aussi fragile et instable** qu'un château de cartes.

Vaincre sa jalousie, c'est d'abord **faire preuve d'humilité** et reconnaître que l'on fait face à un problème de taille. Si l'existence du problème n'est pas reconnue, on ne peut envisager de solutions pour le résoudre. Pour vaincre la jalousie, il faut aussi accepter de **sortir des schémas toxiques répétitifs** en faisant tomber les barrières qui semblent nous protéger mais qui, en réalité, nous coupent la route et nous empêchent d'avancer.

La jalousie partout, tout le temps

En amour, la jalousie pullule. Elle se répand comme un virus et contamine tout ce qu'elle touche, à commencer par l'autre et tout ce qu'iel fait ou ne fait pas, dit ou ne dit pas, pense ou ne pense pas. Chaque fait et geste est sujet à interprétation, à discussion, à conflit. On se laisse alors happer par cette boucle infernale dont il devient difficile de s'échapper. Pire encore, on entraîne avec nous la personne que l'on est censé·e aimer mais que l'on rejette en agissant de la sorte.

La rupture survient parfois, par nécessité. Peuvent s'ensuivre des traversées du désert, des remises en question et des (croit-on) guérisons sentimentales, jusqu'à la naissance d'une nouvelle relation. Les peurs non traitées gagnent alors à nouveau du terrain et nourrissent la jalousie qui ne fera à nouveau qu'une bouchée du couple si elle n'est pas définitivement bannie.

3 clés pour vaincre sa jalousie

Avoir confiance en soi et en l'autre

La jalousie est un sentiment complexe qui découle souvent **d'un manque de confiance en soi, d'un manque de confiance en l'autre** ou des deux simultanément. Lorsqu'on se lance dans une relation sentimentale, chacun·e traîne son propre bagage, plus ou moins chargé émotionnellement. Il contient les douleurs du passé et l'on peut rapidement se retrouver confronté·e à un sentiment de jalousie si l'on ne s'en défait pas.

Comme tout poison, la jalousie dispose de son antidote : **la confiance**.

On entend souvent dire que la confiance se gagne. Mais au lieu de l'imaginer comme un concept que l'on doit conquérir tout au long de notre existence (pour nous ou pour quelqu'un d'autre), essayons de l'appréhender **comme un capital dont nous disposons dès le départ** à travers une petite expérience de pensée.

Prenons une machine à voyager dans le temps et remontons quelques années en arrière pour visionner le jour de votre naissance. Vous n'en avez pas encore conscience, mais à la seconde où vous prenez votre première bouffée d'oxygène, un hologramme s'affiche au-dessus de votre tête. Il représente un réservoir plein à 100 % que nous appellerons **réservoir de confiance**. Quoi que vous fassiez désormais, il est à vous. Cependant, à l'instar d'un réservoir d'essence, son niveau fluctuera au fil du temps. Si le niveau de carburant d'une voiture est soumis à des paramètres tels que la distance ou la vitesse, votre réservoir personnel variera **selon votre environnement** au sens large (entourage, réussites, échecs, expériences, normes sociétales...).

À présent que vous disposez de cette information, remontons dans notre machine à voyager dans le temps pour rejoindre votre présent. Durant le voyage retour, tentez de visualiser les variations de cette jauge de confiance au fil des années. Analysez votre niveau de confiance en vous-même, puis analysez votre niveau de confiance envers les autres. Le réservoir est peut-être plein – ce que je vous souhaite – ou, au contraire, quasiment vide. S'il est plein, tâchez de le garder à niveau en entretenant et en échangeant un maximum de liens affectifs avec la ou les personnes qui vous entourent (par le biais d'actions positives : câlins, baisers, compliments, soutien, encouragements, etc.). Ainsi, vous serez plus serein·e et pourrez parcourir la plus grande distance possible en toute quiétude. Si vous êtes sur la réserve ou quasiment à sec, pensez à trouver la station la plus proche pour vous arrêter et faire le plein. En d'autres termes, n'hésitez pas à verbaliser auprès de votre ou vos partenaire·s votre besoin de proximité, quel qu'il soit. Vous pourrez ainsi recharger vos batteries affectives et redémarrer avec plus de tranquillité.

Voyez-vous où je souhaite en venir ?

La confiance s'entretient, et il convient de garder un œil sur sa jauge **pour pouvoir parcourir une distance toujours acceptable**. Si elle est fragilisée par les échecs sentimentaux, la trahison ou encore le mensonge, il sera plus difficile de garder votre jauge à niveau et, par conséquent, d'avancer dans la même direction que votre ou vos partenaire·s, ce qui est totalement compréhensible. Ne culpabilisez jamais pour une faute que vous n'avez pas commise.

Accepter de ne pas avoir le contrôle sur tout

Chez de nombreuses personnes, la propension à la jalousie découle d'**un besoin de contrôle**. Être dans le contrôle permet de se rassurer ponctuellement, mais dans les cas les plus extrêmes, ce besoin peut vite devenir pathologique et destructeur. Dans le couple, une personne jalouse, qui souffre d'insécurités émotionnelles, peut dépenser une énergie incommensurable à alimenter des scénarios catastrophes, avec l'objectif inconscient de se protéger du pire : adultère, trahison, mensonge, séparation, etc. Chaque situation, chaque détail peut être passé au crible et sujet à interprétation.

Prenons un exemple. Vous êtes persuadé·e d'avoir été trompé·e par votre partenaire. Vous ne disposez pourtant d'aucune preuve tangible attestant de la véracité de vos propos, mais votre ressenti vous pousse à tenir ce discours. Au départ, la personne en face de vous tente de vous rassurer. Une fois. Deux fois. Trois fois. Mais cela ne fonctionne pas. Elle tâche alors de vous démontrer par A + B qu'il ne s'est jamais rien passé avec qui que ce soit d'autre, mais vous ne l'entendez pas de cette oreille. Votre moitié se retrouve alors inévitablement et malgré elle aspirée au cœur d'une tourmente qu'elle n'a pas souhaitée. Pire, elle se retrouve sur le banc des accusé·es pour une faute qu'elle n'a jamais commise. À cette situation déjà très lourde à porter s'ajoute **le poids de la culpabilité et de la remise en question induites par ces accusations**. Elle se retrouve donc pieds et poings liés à ne savoir que faire ni comment agir.

Prenons un deuxième exemple. La situation est identique, à une différence près : vous accusez cette fois votre partenaire non pas de vous avoir trompé·e, mais de ne plus avoir de sentiments à votre égard. Vous en êtes persuadé·e, iel vous mène en bateau depuis un long moment. Une fois encore, iel tâche de vous prouver le contraire en vous disant à quel point iel vous aime. Votre moitié tente de vous rassurer, mais elle finit par être étouffée par le poids de vos accusations. Alors, elle abandonne par K.O., **renforçant ainsi votre sentiment d'insécurité malgré des réponses sincères.**

De ces deux situations similaires naissent des questions :

- Comment prouver l'improuvable ?
- Comment apporter la preuve d'un événement, d'une situation qui n'a jamais eu lieu ?

La réponse est simple : on ne peut pas.

Cessez de chercher des preuves qui n'existent pas et que vous n'obtiendrez jamais. Cessez de dépenser une énergie folle à vouloir chercher ce qui ne peut être trouvé. Cessez de gaspiller ce temps si précieux qui s'écoule sans discontinuer. **Il en va de vos santés respectives et du bien-être quotidien**. Comme tout un chacun, vous avez le choix de changer la donne. Je ne parle pas de choix imposés mais de choix réels et possibles. Véritables.

Le premier : vous décidez de rester coincé·e dans ce cercle vicieux pour des raisons qui vous incombent, en étant pleinement conscient·e des conséquences qui pourraient découler de ce choix.

Le second : vous acceptez et reconnaissez le problème. Vous décidez de l'affronter et de lâcher prise afin d'accorder votre réelle et pleine confiance à l'autre, en acceptant de ne pas avoir le contrôle sur tout ce qu'iel fait ou ne fait pas, dit ou ne dit pas, pense ou ne pense pas.

L'un de ces choix est plus sain et équilibré que l'autre, cela va de soi.

Préférez-vous le chemin du conflit ou celui de l'amour ?

Le chemin de la défiance ou celui de la confiance ?

Le chemin de la peur ou celui de la quiétude ?

Abandonner la possessivité

Bien souvent, **jalousie et possessivité ne font qu'un** et se conjuguent malheureusement à la perfection.

La possessivité, c'est ce besoin d'exclusivité qui flirte dangereusement avec l'**objectification de l'être** et qui transforme la relation amoureuse en véritable prison pour qui la subit. En effet, les libertés s'amenuisent et disparaissent au profit d'une peur grandissante. En somme, il devient difficile voire impossible pour la victime de vivre normalement. Elle peut se retrouver privée de faire ses propres choix, d'exprimer ses envies et ses besoins ; la faute à **l'emprise** que la personne possessive exerce sur sa ou son partenaire.

Derrière cette emprise se cache la volonté de contrôler le·a conjoint·e à sa guise, comme s'iel nous appartenait. De manière insidieuse, le·a partenaire possessif·ve construit une cage psychologique et affective qui enferme la victime. Plus le temps passe, plus cette cage devient solide et plus il devient difficile d'en sortir.

Une telle relation est vouée à l'échec, c'est une certitude. Pour saisir pleinement l'impact négatif que peut avoir la possessivité sur quelqu'un, il est nécessaire de se mettre à la place de la victime, de se projeter et d'imaginer les sentiments que l'on pourrait ressentir si les rôles étaient inversés. Si l'on est soi-même possessif·ve, il existe des solutions qui permettent de retrouver estime de soi et confiance en soi : communication, médiation, thérapie individuelle, thérapie de couple...

Au-delà de ces solutions, il est primordial de **se remettre en question** régulièrement, en commençant par accepter ses faiblesses. Par la suite, on pourra envisager un plan d'action simple qui pourra s'inscrire dans la durée :

- reconnaître ses erreurs ;
- changer sa façon de percevoir l'autre ;
- pratiquer l'introspection régulièrement ;
- échanger sur ses avancées et se féliciter de chaque réussite…

Enfin, il conviendra d'apprendre à faire confiance à l'autre, sans quoi **il deviendra impossible** de bâtir un avenir commun.

Les points essentiels à retenir

- VAINCRE SA JALOUSIE EST AVANT TOUT UNE AFFAIRE D'HUMILITÉ. SI L'ON RECONNAÎT L'EXISTENCE DU PROBLÈME, IL EST ALORS POSSIBLE DE LE RÉSOUDRE.
- LA CONFIANCE EN SOI ET EN L'AUTRE EST L'ANTIDOTE À LA JALOUSIE.
- ACCEPTER DE NE PAS AVOIR LE CONTRÔLE SUR TOUT, C'EST ACCEPTER DE TENDRE VERS UNE RELATION PLUS SAINE.
- ABANDONNER LA POSSESSIVITÉ PERMET DE SORTIR DES SCHÉMAS D'OBJECTIFICATION ET DE RÉTABLIR LES NOTIONS DE RESPECT, D'INDÉPENDANCE ET DE LIBERTÉ DE L'AUTRE.

Les questions à se poser pour avancer sur ce sujet

- SUIS-JE JALOUX·SE ? SI OUI, POUR QUELLES RAISONS ?
- AI-JE CONFIANCE EN MOI ? SINON, DE QUOI AI-JE BESOIN POUR PALLIER CE PROBLÈME ?
- AI-JE CONFIANCE EN MON OU MA PARTENAIRE ? SINON, DE QUOI AI-JE BESOIN POUR ÊTRE RASSURÉ·E SUR LE LONG TERME ?
- AI-JE BESOIN DE TOUT CONTRÔLER DANS MA VIE SENTIMENTALE ? SI OUI, POUR QUELLE(S) RAISON(S) ?
- SUIS-JE POSSESSIF·VE ? SI OUI, POUR QUELLE(S) RAISON(S) ?
- SUIS-JE RESPECTUEUX·SE ENVERS MON OU MA PARTENAIRE ?
- MA JALOUSIE OU MA POSSESSIVITÉ ONT-ELLES UNE INCIDENCE NÉGATIVE SUR NOTRE VIE DE COUPLE ?
- QUELLES SONT LES PISTES À EXPLORER ENSEMBLE POUR QUE NOUS PUISSIONS REPARTIR SUR DES BASES RELATIONNELLES PLUS SAINES ET PLUS RESPECTUEUSES DE L'AUTRE ?

Lola sourit et échange un regard complice avec Paul, son compagnon depuis maintenant un an. Julie et Niels, un couple d'amis, piochent à leur tour une carte.

– Attention, carte « vérité » ! Lola, partage un fantasme coquin que personne ne connaît autour de cette table.

Tous rient de bon cœur, anticipant la gêne de la jeune femme. Cette dernière réfléchit quelques secondes et finit par lâcher :

– Franchement, c'est chaud ! Tire une autre carte.

– Ça va, meuf ! lance Julie. On est entre potes. C'est qu'un jeu. Tu sais bien que personne ne juge personne ici. Allez, arrête de te faire prier, conclue-t-elle avec un sourire.

– Mais c'est chaud, je te dis ! C'est pas le genre de trucs que tu lances comme ça ! T'es marrante, toi.

– Enchaîne !

– O.K. J'ai déjà imaginé que Niels et moi couchions ensemble.

Le couple d'amis rit aux éclats, ébahis par cette révélation. Lola se tourne vers Paul et commence à lire sa carte à voix haute.

– Bébé, carte « vérité » aussi. Dans cette liste, quelle est ta position...

– Non, mais t'es sérieuse, là ? Tu lâches que t'as déjà imaginé coucher avec Niels et tu enchaînes comme si de rien n'était ?

Un silence de plomb s'installe dans la pièce. Lola prend une grande inspiration avant de répondre :

– Paul, ce n'est qu'un jeu ! Tout le monde rigole.

Julie surenchérit :

– On est entre amis, Paulo ! Il n'y a pas de malaise. C'est simplement... un fantasme. Il ne s'est jamais rien passé entre eux.

– Arrête-moi si je me trompe, mais tu n'as pas la preuve de ce que tu dis !

2

Sur ces mots, Paul quitte la pièce et part s'enfermer dans la chambre en prenant soin de claquer la porte violemment. Assis au bord du lit, il sent la colère l'envahir et enserrer sa poitrine. Comment Lola a-t-elle pu l'humilier à ce point ?

Le jeune homme se sent trahi. Il se remémore les derniers mots de sa compagne, alimentant la rancœur qu'il a envers elle. Sentant des larmes de rage monter en lui, il plonge son visage dans le creux de ses mains pour les retenir.

– Je peux rentrer ? entend-il de l'autre côté de la porte.

C'est Lola. Elle semble calme. Sans même attendre une réponse, elle entre dans la chambre et vient s'asseoir à côté de Paul.

– Tu veux en parler, mon cœur ? Julie et Niels sont partis. Ils m'ont demandé de t'embrasser pour eux.

– D'une, je ne suis pas *ton cœur* ; de deux, bon débarras. J'espère qu'on ne les reverra pas de sitôt.

– Je suis terriblement désolée, si tu savais. Je ne pensais pas que ça te blesserait.

– Ah bon ? Et à quoi tu t'attendais, au juste ? À des cris de joie, peut-être ?

– Mais arrête, Paulo ! Il ne s'est jamais rien passé avec Niels et il ne se passera jamais rien ! Julie a posé une question et j'y ai répondu en jouant le jeu. Ça s'arrête là.

– Vraiment ? Regarde-moi dans les yeux et ose me dire que tu n'as pas envie de coucher avec Niels.

– Évidemment que je ne veux pas coucher avec lui !

Paul poursuit :

– Alors pourquoi est-ce que tu as dit que tu avais déjà fantasmé sur lui ? D'ailleurs, est-ce que tu m'as déjà trompé ?

– Mais ce n'est pas un véritable fantasme, ça m'a juste déjà traversé l'esprit quelques secondes, comme ça a déjà dû t'arriver à toi aussi. Ça nous arrive à tous ! C'est tout, Paul. C'est tout ! Je ne t'ai pas trompé. Ni avec Niels ni avec qui que ce soit d'autre, et tu es la seule personne qui m'attire.

Elle marque un temps avant de conclure :

– Tu veux bien qu'on passe à autre chose, maintenant ? J'aimerais qu'on termine la soirée en amoureux...

À ces mots, le jeune homme sourit.

– Je veux bien, oui. Merci de m'avoir rassuré et désolé de m'être énervé.

– J'accepte tes excuses. Tu veux qu'on se regarde une série ou des vidéos sur YouTube ?

– Comme tu préfères, je te laisse choisir ce qui te fait le plus envie.

Lola partie, Paul tente de recouvrer ses esprits quand il est interrompu par une sonnerie. Il se retourne et aperçoit le téléphone que sa compagne a oublié sur le lit. Quand il tapote sur l'écran, un message s'affiche :

NIELS
J'ai déjà fantasmé
sur toi, moi aussi...

3

Peut-on se *masturber* quand on est en *couple* ?

(Spoiler : oui !)

La question de la place de la masturbation dans le couple revient souvent. Pour certaines personnes, il est naturel de préserver ce moment d'intimité même si l'on a une vie sexuelle à deux. Pour d'autres, la masturbation est synonyme de tromperie, d'insatisfaction ou de trahison. Ainsi naît un sentiment de méfiance vis-à-vis du ou de la partenaire, un sentiment renforcé par des affirmations la plupart du temps infondées telles que :

- « Iel ne prend pas de plaisir avec moi » ;
- « Iel simule lors des rapports » ;
- « Iel fantasme sur quelqu'un d'autre » ;
- « Je ne suis pas doué·e au lit » ;
- « Je suis sûr·e qu'iel pense à un·e autre pendant qu'iel se touche » ;
- « Quand on est réellement satisfait·e sexuellement, on ne se masturbe pas » ;
- « S'iel regarde du porno pendant qu'iel se masturbe, c'est que je ne lui conviens pas. »

Les exemples ne manquent pas. Vous avez peut-être même déjà été confronté·e à ces craintes.

Pourquoi se masturber lorsque l'on est en couple est-il une bonne chose ?

Se masturber permet de prendre le temps de **se reconnecter à soi-même et à son corps**, aux sensations que l'on connaît déjà ou que l'on souhaite (re)découvrir. Dans la sexualité comme dans tout autre registre ayant trait au développement personnel ou encore à la santé mentale, se connaître soi-même permet bien souvent de vivre ses relations de façon plus équilibrée et épanouie.

En deuxième lieu, il est important de savoir que tout plaisir induit par **la masturbation peut parfaitement s'inscrire dans la vie intime du couple**.

Tout d'abord, le plaisir pris n'est pas le même que lors d'un rapport. La stimulation est différente, les sensations également, car personne ne connaît votre corps mieux que vous-même. De plus, certaines personnes prennent du plaisir à savoir que leur partenaire se masturbe quand iel en a envie. Les conversations qui en découlent, le fait de se sentir inclus·e dans la vie véritablement intime de son ou sa partenaire renforcent les liens et la proximité avec l'autre. Il ne faut également pas oublier que la masturbation n'a pas forcément à être un plaisir individuel. Elle peut aussi se transformer en séances durant lesquelles chaque partenaire se masturbe devant l'autre ou masturbe l'autre. Ainsi, la pratique peut **se partager et se vivre à deux**.

Troisième point : **la masturbation permet de rééquilibrer ses envies**. En effet, il n'est pas rare dans un couple de se retrouver confronté·e à un niveau de libido différent de celui de sa ou son partenaire. La libido est fluctuante et peut baisser en raison de nombreux facteurs tels que la fatigue, un esprit trop actif, le stress, l'anxiété ou encore une pathologie. Lorsque nos désirs sont en décalage avec ceux de notre conjoint·e, la masturbation permet d'**évacuer tensions et frustration** sans que cela ne pèse sur l'un·e ou l'autre.

En revanche, certaines personnes peuvent rencontrer des difficultés lorsqu'elle est pratiquée régulièrement. La masturbation peut effectivement devenir problématique dès lors qu'elle devient compulsive. Elle peut être considérée comme pathologique à partir du moment où la personne qui la pratique est en souffrance, basculant ainsi du plaisir ponctuel vers l'addiction. Dans ce dernier cas, consulter afin d'être accompagné·e par un·e sexologue peut s'avérer utile et salvateur.

Masturbation + orgasme = bienfaits

Se masturber n'est pas toujours synonyme d'orgasme, mais ce dernier peut, pour certaines personnes, être un but à atteindre pour se sentir encore plus détendu·e. En effet, l'orgasme contribue à réduire le stress, mais aussi les douleurs (maux de tête, règles…). Lorsqu'il est déclenché, de nombreuses hormones libérées par le cerveau se succèdent, nous plongeant dans cet état extatique caractéristique *(voir partie 5, p. 73)*.

L'orgasme diminue également les risques de cancer du sein et de la prostate, et booste les défenses immunitaires. De plus, certaines études démontrent que l'atteindre au moins trois fois par semaine réduirait le risque de maladies cardio-vasculaires de 50 %. Bref, vous l'aurez compris, les bienfaits de la masturbation peuvent être encore plus nombreux lorsque l'orgasme est de la partie.

L'importance d'en parler

Communiquer sur la masturbation dans son couple aide à remettre la pratique dans son contexte et à ne la voir que pour ce qu'elle est : un plaisir comme un autre, à part entière, même s'il est solitaire.

En parler, c'est **désamorcer le tabou** qu'il peut y avoir autour afin d'adopter une vision moins biaisée et donc plus claire de la réalité. En effet, verbaliser aide dans un premier temps à extérioriser la pensée qui nous pose problème puis, dans un second temps, à entendre le point de vue de l'autre quant à cette pratique. La confrontation des idées dans un tel contexte peut permettre de rééquilibrer votre vision de la chose. Ensuite, libre à vous de définir le cadre dans lequel vous vous sentirez l'un·e et l'autre plus serein·es lors de vos moments en solo.

Les points essentiels à retenir

- SE MASTURBER LORSQU'ON EST EN COUPLE N'EST PAS SYNONYME DE TROMPERIE OU DE TRAHISON, NI SYMPTOMATIQUE D'UNE INSATISFACTION.
- LA MASTURBATION EST UNE PRATIQUE SEXUELLE À PART ENTIÈRE, INCOMPARABLE ET COMPLÉMENTAIRE AUX RELATIONS DE COUPLE.
- LA MASTURBATION PERMET D'EXPLORER ET D'APPRIVOISER SON PROPRE CORPS. SE CONNAÎTRE SOI-MÊME PERMET DE VIVRE DES RELATIONS SEXUELLES À DEUX PLUS ÉPANOUIES.
- SE MASTURBER PEUT PERMETTRE DE RÉÉQUILIBRER LES ENVIES DANS LE COUPLE LORSQU'IL Y A UNE DISCORDANCE DE LIBIDO.
- LA MASTURBATION PEUT SE PARTAGER DE DIFFÉRENTES FAÇONS.
- LA MASTURBATION ET L'ORGASME CONTRIBUENT AU BIEN-ÊTRE GÉNÉRAL, DIMINUENT LES DOULEURS ET CERTAINS RISQUES DE MALADIES EN PLUS DE RENFORCER LES DÉFENSES IMMUNITAIRES.
- LORSQUE L'ON EST EN COUPLE, COMMUNIQUER À PROPOS DE LA MASTURBATION PERMET DE REMETTRE LA PRATIQUE DANS SON CONTEXTE ET DE LA VIVRE PLUS SEREINEMENT.

Les questions à se poser pour avancer sur ce sujet

- AI-JE L'IMPRESSION D'ÊTRE TROMPÉ·E, TRAHI·E OU SUR LA DÉFENSIVE LORSQUE J'APPRENDS QUE MA OU MON PARTENAIRE SE MASTURBE ? SI OUI, POUR QUELLE(S) RAISON(S) ?
- LA MASTURBATION EST-ELLE UN SUJET TABOU POUR MOI ? SI OUI, COMMENT POURRIONS-NOUS ABORDER LE SUJET SEREINEMENT ?
- QUELS SONT SELON MOI LES POINTS POSITIFS DE LA MASTURBATION ?
- QUEL CADRE POURRIONS-NOUS DÉFINIR POUR VIVRE L'UN·E ET L'AUTRE CETTE PRATIQUE AVEC PLUS DE SÉRÉNITÉ ?

3

Assis dans le canapé, Matias jette un œil à sa montre. Anaïs rentre bientôt du travail, mais il sent monter en lui une envie qu'il compte bien assouvir. Le jeune homme se penche vers la table basse et saisit quelques mouchoirs. Il entreprend ensuite de lancer un porno sur son téléphone afin de stimuler son imagination.

Après s'être correctement installé et avoir fait glisser jogging et boxer sur ses jambes, Matias débute de lents mouvements de va-et-vient sur son sexe. Celui-ci ne tarde pas à se raidir tandis que le plaisir commence lentement à se diffuser dans tout son corps. Son envie est si pressante qu'il pourrait déclencher son orgasme maintenant, mais il préfère le retenir encore un peu pour se délecter des images qu'il a sous les yeux.

Il faut dire que le jeune homme maîtrise l'exercice de la masturbation depuis les prémices de l'adolescence et qu'il s'y adonne encore toutes les semaines, malgré une vie sexuelle active et riche. Ceci dit, le plaisir qu'il prend seul reste différent de celui qu'il ressent lorsqu'il fait l'amour avec Anaïs. Il est même incomparable. Cependant, pour une raison qu'il ne s'explique pas totalement, Matias se branle en cachette, même après plusieurs années de relation. Peut-être redoute-t-il la réaction de sa conjointe ? En même temps, ça ne va pas très bien entre eux depuis plusieurs mois déjà. La communication est totalement rompue et aucun d'eux ne sait comment sortir de cette impasse.

Matias secoue sa queue de plus en plus rapidement. La scène qu'il regarde l'excite au plus haut point, comme en témoigne le liquide préséminal qui perle sur son gland. Il branle et branle encore son pénis. L'orgasme n'est plus très loin, alors il bascule sur le côté et vise le tas de mouchoirs qu'il a précautionneusement placés.

Alors qu'il éjacule abondamment sans étouffer ses râles de plaisir, la porte d'entrée s'ouvre. Dans un mouvement de surprise, il se retourne brutalement. Le dernier jet s'étale sur le sol. Anaïs vient de rentrer. Les yeux écarquillés, elle tente d'analyser ce qui est en train de se passer. La semence sur le carrelage, la verge gonflée de Matias, les gémissements qui semblent provenir du téléphone... Après quelques secondes de réflexion, elle finit par lâcher :

– On en est donc là ?

Empli d'un profond malaise, le jeune homme ne sait que répondre et coupe le son de son smartphone avant de se rhabiller.

– Je ne te suffis plus, c'est ça ?

– Écoute, Anaïs... Ça n'a strictement rien à voir.

– Ça n'a rien à voir ? Alors, comment tu expliques ça ? demande-t-elle en pointant la trace au sol.

– Ah, parce qu'on n'a plus le droit de se masturber, maintenant ?

– Matias, on baise trois fois par semaine, au minimum ! Et je dis bien *au minimum*. Je rentre du boulot et je découvre quoi ? Que tu te branles devant un porno ! Si je te suffisais réellement, tu n'éprouverais pas le besoin de te branler.

– Mais qui a parlé de besoin, ici ? Ce n'est pas un besoin ! Simplement une envie. C'est différent, ça s'arrête là ! Ça n'est même pas comparable ! Et puis, tu me dis ça comme si tu ne te touchais jamais.

– Eh bien, figure-toi que non, je ne me touche jamais ! Il se trouve que tu me suffisais amplement.

– *Suffisais* ? Tu parles carrément au passé, maintenant ?

– Matias, ça fait des mois qu'on ne s'entend plus si ce n'est au lit. Et là, c'est la goutte de trop. J'ai besoin d'un conjoint, pas d'un *sex friend*. Je dois prendre du recul sur tout ça. J'ai besoin d'une pause.

3

Sonné, Matias encaisse la nouvelle silencieusement. Anaïs continue de l'invectiver, mais il ne l'entend plus. Alors que les pensées du jeune homme s'entremêlent, il prend soudainement conscience que la vie n'est pas un long fleuve tranquille, que tout peut changer ou s'arrêter en un claquement de doigts. Il se remémore ces années durant lesquelles ils s'étaient tous deux efforcés de faire bonne figure en public mais aussi, et surtout, toutes ces disputes qui éclataient entre eux une fois qu'ils étaient rentrés à la maison. Ils avaient pourtant essayé de résoudre leurs problèmes conjugaux et de faire abstraction de ces détails qui empoisonnaient leur quotidien, en vain. En un sens, Anaïs avait raison. C'était la goutte de trop.

– ... et je n'en peux plus ! Je n'en peux plus ! Je dois vraiment prendre mes distances quelque temps. Tu comprends ?

– Je comprends totalement, finit-il par répondre, serein et sûr de lui.

La jeune femme est surprise. Elle s'attendait à une réaction plus virulente, à une résistance de la part de son compagnon. Mais il n'en est rien.

– Je te dis ça et tu n'essaies même pas de me rete...

Matias lui coupe la parole :

– C'est terminé.

– Comment ça, « c'est terminé » ? Je ne te dis pas ça, je te dis simplement que j'ai besoin d'une pause pour...

– Et moi, je te dis que c'est terminé, Anaïs. Il n'y aura pas de pause, pas d'autre chance pour notre couple, pas de projets ni d'avenir et, surtout, plus de disputes. Tu mérites d'être heureuse tout comme je mérite d'être heureux. Et force est de constater que nous n'arrivons plus à l'être ensemble depuis un moment déjà.

– Matias, écoute-moi...

– Ce n'est plus possible. Nous ne pouvons plus vivre comme ça.

4

Le *sexto*, ou l'art de faire monter la *tension*

(et de manier les mots)

Connaissez-vous le sexto ? Il s'agit d'un message textuel ou d'un message vocal teinté de flirt, de sensualité, d'envie. Il peut être accompagné d'une photo ou d'une vidéo et s'échange, tel un baiser virtuel, avec l'être désiré.

Jouer avec les mots

Le *sexting* est une pratique de plus en plus répandue dans la sphère privée comme sur les applications de rencontres, du fait de l'omniprésence de la technologie dans nos vies. On échange des sextos pour faire monter la tension avant un rendez-vous ou lorsque l'être aimé se trouve à distance, pour faire part de ses désirs à sa ou son partenaire, pour briser la routine, stimuler sa libido et son esprit, ou encore pour le simple plaisir de la pratique.

Il faut dire que jouer avec les mots et les désirs par la seule force de l'écriture est une expérience unique à chaque fois. En plus d'être une forme de communication asynchrone – ce qui vous octroie un temps de réflexion supplémentaire pour répondre –, cela permet aussi à beaucoup de personnes de **se sentir plus à l'aise qu'à l'oral pour exprimer ses envies.** Mais malgré le fait que le *sexting* se soit nettement démocratisé, tout le monde n'est pas à l'aise avec le fait d'échanger des mots ou des photos sexuellement explicites. La peur de ne pas savoir comment s'y prendre, de ne pas savoir quoi dire ni de quelle manière peut bloquer. Je vais vous livrer ici une solution toute simple :

Soyez vous-même !

Laissez libre cours à vos envies et à votre imagination. L'objectif du sexto n'est pas de juger l'autre, ni sur le fond ni sur la forme, mais de **partager ses envies du moment tout en stimulant le désir et l'imagination**. Si une personne vous signifie son envie de sexter avec vous, c'est très certainement parce que vous l'attirez et qu'elle souhaite entretenir des liens plus étroits, pour ne pas dire intimes, avec vous.

Servez-vous de vos plus grands atouts de séduction (tout le monde en a, je vous assure, même si vous êtes persuadé·e du contraire). **Essayez, tentez, exploitez et soyez décomplexé·e.** Vous trouverez inévitablement votre façon de sexter. Vous pouvez par exemple envoyer des images suggestives qui en dévoilent très peu, pour éveiller le désir chez votre partenaire, ou, au contraire, envoyer une photo évocatrice. Vous pouvez être poétique ou très cru·e dans vos mots, utiliser des émoticônes allusives (😏😈😩👅🔥💦💥✨🍒🍑🥥🍆) ou créer un scénario sur mesure en fonction de vos envies, affinités et des jeux de rôles que vous affectionnez... Le sexto peut être bref ou, au contraire, s'étendre sur la durée pour faire grimper l'envie. Les seules limites sont celles que vous vous fixez !

Sextos et consentement

Comme dans toute pratique liée à la sexualité, **le consentement mutuel est obligatoire**. Faire fi du consentement, c'est non seulement faire preuve d'un irrespect total mais c'est aussi aller à l'encontre de la loi. Ainsi, partager sans consentement des contenus à caractère sexuel est passible de deux ans d'emprisonnement et de 60 000 € d'amende. De la même manière, l'envoi non consenti de *dick pics* est également passible de poursuites pour harcèlement sexuel.

Est-il vraiment nécessaire de rappeler ce qu'est le consentement ? C'est triste, mais cela me semble indispensable. Beaucoup de personnes pensent en connaître la définition mais, lorsqu'il s'agit d'en appliquer les règles, les choses se gâtent.

Consentir, **c'est accepter qu'un contact, quel qu'il soit, ait lieu**. Sur le plan virtuel, on peut faire référence à un SMS, une photo ou une vidéo. Sur le plan physique, il peut s'agir d'un geste, d'un baiser ou encore d'une relation sexuelle. De plus, le consentement doit être **clairement et librement exprimé**. Par conséquent, on ne peut partir du principe qu'une personne consent si elle n'est pas en possession de tous ses moyens, par exemple si elle dort ou est inconsciente.

Le consentement est également **spécifique et jamais définitif**. Par exemple, consentir à un baiser ne signifie pas consentir à un rapport sexuel. Aussi, il est tout à fait possible de donner son consentement puis de le retirer ensuite, quelle que soit la situation.

Il me semble également indispensable de préciser les cas **dans lesquels le consentement n'est jamais valide** :

- sous la force ;
- sous la menace ;
- sous l'influence ou l'autorité de quelqu'un ;
- lorsqu'une information importante n'est pas délivrée et biaise ainsi le processus de prise de décision.

Avec l'avènement des réseaux sociaux, on assiste à une recrudescence de comportements inadaptés en ligne. Les échanges de sextos avec des personnes que l'on ne connaît pas peuvent avoir de graves conséquences. C'est notamment le cas du *revenge porn*, véritable fléau qui consiste à diffuser publiquement des contenus privés à caractère pornographique afin d'humilier la victime en dévoilant son intimité.

Comment limiter les risques ?

Pour éviter d'être confronté·e à ce type d'incidents, il est important de **prendre certaines**

précautions, notamment lorsque l'on échange sur des applications de rencontres. *Sexter* avec des gens que l'on connaît peu ou pas dans le but de séduire peut avoir un côté excitant, mais s'iels sont malintentionné·es, les conséquences peuvent être désastreuses.

Il est très simple aujourd'hui de créer de faux profils sur la toile pour tromper la vigilance d'autrui. Voici quelques astuces qui vous permettront de vous assurer des bonnes intentions de votre partenaire de *sexting* :

- demandez rapidement **une rencontre physique dans un lieu public**. Si vous avez besoin de temps avant de vous lancer dans ce genre de rendez-vous, privilégiez l'appel en visio. Si la personne refuse l'une et l'autre de ces propositions, restez sur vos gardes ;
- **fuyez les personnes qui vous mettent la pression** et dont vous pensez qu'elles veulent ou peuvent avoir un ascendant sur vous ;
- **posez des règles dès le départ avec votre interlocuteur·rice** : informez-vous sur les éventuelles réticences de votre partenaire, et communiquez-lui les vôtres (je ne veux pas recevoir/envoyer de photos, de *dick pics* ; je souhaite que nos sextos soient échangés seulement sur telle ou telle plateforme...) ;
- **ne partagez pas d'informations personnelles** trop vite : restez vague dans un premier temps et dévoilez-les au compte-gouttes, en évitant au maximum les éléments qui pourraient vous identifier (nom, adresse, photographies de votre visage ou d'éléments distinctifs) ;
- **écoutez votre intuition** : si le moindre doute subsiste, fiez-vous à votre instinct et ne prenez pas de risque inconsidéré.

Ainsi, vous limiterez les déconvenues.

Enfin, pour un échange de sextos plus sécurisant, vous pouvez également opter pour des applications qui disposent d'options permettant de rendre texte, photos et vidéos éphémères. En d'autres termes, ceux-ci disparaîtront de la conversation au bout d'un certain temps, en fonction des paramètres que vous aurez définis. On peut notamment mentionner Snapchat, WhatsApp ou encore Instagram, qui proposent toutes ces alternatives.

Si les échanges ne sont pas éphémères, si votre partenaire et vous-même souhaitez garder ces images, veillez à les conserver dans un dossier sécurisé sur votre téléphone ou votre ordinateur. Dans tous les cas, engagez-vous toujours auprès de votre partenaire à supprimer les médias compromettants qu'iel vous aurait envoyés sur sa simple demande et dans le cas où votre relation s'arrêterait, et demandez-lui de faire de même.

Les points essentiels à retenir

- LE *SEXTING* A PLUSIEURS VERTUS : IL PERMET DE FAIRE MONTER LA TENSION AVANT UN RENDEZ-VOUS, SERT À EXPRIMER SES DÉSIRS, STIMULE L'ESPRIT ET LA LIBIDO ET PEUT FACILITER LA COMMUNICATION.

- COMME DANS TOUTE PRATIQUE, LE CONSENTEMENT MUTUEL EST PRIMORDIAL. TRANSMETTRE DES CONTENUS À CARACTÈRE SEXUEL SANS CONSENTEMENT EST PUNI PAR LA LOI.

- SI VOUS ÊTES VICTIME DE *REVENGE PORN*, LE TORT NE REPOSE PAS SUR VOUS, QUELLE QUE SOIT LA SITUATION.

- IL EST POSSIBLE DE LIMITER LES RISQUES EN LIGNE EN PRENANT CERTAINES PRÉCAUTIONS, NOTAMMENT EN FAVORISANT LES ÉCHANGES ÉPHÉMÈRES.

Les questions à se poser pour avancer sur ce sujet

- L'ÉCHANGE DE SEXTOS M'ATTIRE-T-IL ? POURQUOI ?
- AI-JE ASSEZ CONFIANCE EN CETTE PERSONNE POUR ME PERMETTRE D'ÉCHANGER DES SEXTOS AVEC ELLE ? QUEL CADRE ME PERMET DE *SEXTER* EN TOUTE CONFIANCE ?
- QUELLES SONT MES RÈGLES ET MES LIMITES EN TERMES DE *SEXTING* ?
- QUELLES MESURES POURRAIS-JE PRENDRE POUR RASSURER MON OU MA PARTENAIRE ?
- APRÈS LA LECTURE DE CETTE PARTIE, EST-CE QUE JE ME RENDS COMPTE QUE CERTAINES DE MES PRATIQUES AURAIENT PU BLESSER MON INTERLOCUTEUR·RICE ? QUE PUIS-JE AMÉLIORER ?

4

Lola *swipe* frénétiquement. Dans l'obscurité de sa chambre, emmitouflée dans sa couette et les yeux rivés sur l'écran de son portable, elle navigue d'applications de rencontres en applications de rencontres.

Paul et elle ont rompu quelques mois auparavant ; elle n'a vu personne depuis. Mais pour la première fois depuis un an, la jeune femme sent qu'il est temps d'aller de l'avant. Les profils défilent sous ses yeux comme des produits de consommation. Lola se demande où tout ceci va la mener ; pourtant, une voix intérieure la pousse à poursuivre sa recherche.

Au bout d'un long moment, une photo retient son attention. Elle scrute le profil de Matias, 26 ans, qui semble doté d'un charme fou. Sa description, bien qu'énigmatique, est tout aussi charmante :

Matias, 26 ans

Prêt pour une histoire d'un jour plutôt que pour une histoire d'amour, dans le respect des envies de chacun·e.

Conquise, Lola valide le profil du mystérieux Matias. Une notification l'informe que tous deux ont matché, leur donnant ainsi la possibilité de communiquer ensemble. Tiraillée entre excitation et panique, la jeune femme hésite à faire le premier pas. Elle tape quelques mots sur son clavier avant de se raviser. La peur d'écrire une phrase trop bateau la paralyse. Par chance, Matias se lance.

MATIAS
Hésitante sur ce que tu souhaites me dire ? 😁 (J'ai vu les points de suspension s'afficher un long moment sans que rien n'apparaisse.)

LOLA
Dans le mille 😁 Je ne suis pas encore très à l'aise avec l'idée d'être sur une application de rencontres.

MATIAS
Il y a selon moi trois règles à respecter pour se sentir à l'aise :
Règle n° 1 : être soi-même.
Règle n° 2 : être soi-même.
Règle n° 3 : être soi-même.

LOLA
Vu comme ça, ça n'a pas l'air si compliqué !
Dans ce cas, enchantée.
Moi, c'est Lola.

MATIAS
Enchanté, Lola ! Moi, c'est Matias (mais tu le sais déjà). Puis-je te poser une question ?

LOLA
Bien sûr, dis-moi tout.

MATIAS
Fais-tu partie des 5 % de personnes qui lisent les descriptions ou te ranges-tu plutôt du côté des 95 % restants ?

LOLA
J'ai matché avec toi grâce à ta description, justement 😊 Déçu par l'amour ?

MATIAS
Tu m'en vois ravi 😉
Déçu ? Non. Blessé ? Peut-être. Quoi qu'il en soit, en attendant que ça cicatrise totalement, il faut bien vivre, non ?

LOLA
Et par « vivre », tu entends « prendre soin de ta santé sexuelle ». J'ai bon ? 😂

MATIAS
Tu lis littéralement dans mes pensées !

LOLA
Je n'ai pas vraiment de mérite. C'est plutôt... explicite 😏 Mais je te rassure, l'idée me plaît bien.

MATIAS
L'idée de « vivre », tu veux dire ? 😏

LOLA
Exactement ! Encore faut-il trouver la personne avec qui « vivre » en parfaite harmonie 😇

MATIAS
Je connais quelqu'un de respectueux et à l'écoute qui ADORE « la vie » et ses surprises... 😉

LOLA
Je pense que nous pourrions très bien nous entendre, lui et moi... D'autant qu'il semblerait que nous ayons les mêmes envies, les mêmes attentes. Encore faut-il que je lui plaise autant que sur les photos...

MATIAS
Il n'a aucun doute là-dessus... ni sur l'entente ni sur le fait que tu lui plaises. En revanche, il pense que parler de lui à la troisième personne est très bizarre 😂

LOLA
Dans ce cas, arrêtons de tourner autour du pot. Comment vois-tu les choses dans l'hypothèse où nous nous rencontrions toi et moi 😊 ?

MATIAS
Je les vois très simplement. Je te propose de nous rencontrer d'ici une semaine autour d'un verre dans le bar de ton choix. Pendant ce temps, nous pouvons continuer de discuter ici pour faire plus ample connaissance. Et si nos coups de cœur virtuels se confirment dans la vraie vie...

LOLA
… on baisera comme des dingues jusqu'au bout de la nuit

MATIAS
C'est ce qu'on appelle « être directe »

LOLA
On a dit qu'on arrêtait de tourner autour du pot, non ? Tu me plais et, visiblement, je te plais aussi. Si nous sommes consentants tous les deux, qu'est-ce qui nous empêche d'aller plus loin dans nos échanges ?

MATIAS
Rien, effectivement. C'est simplement que, jusqu'à présent, je n'avais jamais démarré les hostilités aussi rapidement

LOLA
Je suis certaine que ton discours serait différent si, à cet instant même, je me mettais à genoux devant toi

MATIAS
Et en quel honneur te mettrais-tu à genoux ?

LOLA
Devine… Je suis persuadée que tu vois très bien de quoi je parle…

MATIAS
Possible… Je pourrais aussi te tendre la main pour t'aider à te relever et t'inviter à te coucher sur le lit, les cuisses écartées pour que je puisse…

LOLA
Pour que tu puisses… ?

MATIAS
Jouer avec ma langue. Peut-être même avec mes doigts. Ou pourquoi pas les deux, tiens ? 😈

LOLA
Un frisson vient de me parcourir. Continue…

MATIAS
Je pourrais ensuite laisser ma langue glisser le long de ta poitrine, mordre délicatement ton épaule et chuchoter au creux de ton oreille à quel point j'ai envie de toi…

LOLA
Tu entendrais mes gémissements, d'abord étouffés puis de plus en plus assumés. Je prendrais alors ta main et la dirigerais vers mon entrejambe pour te faire sentir à quel point tu m'excites. Puis j'aurais l'envie irrésistible de prendre ta queue en bouche…

MATIAS
Je sentirais la tiédeur de ta langue…

LOLA
Et moi, ton indomptable érection…

MATIAS
Tu me verrais fou de désir…

LOLA
C'est à ce moment-là que je te supplierais de me prendre…

MATIAS
Et je m'exécuterais pour combler tes attentes…

LOLA
Mardi prochain, 19 h ?

MATIAS
Je m'occupe des capotes

5

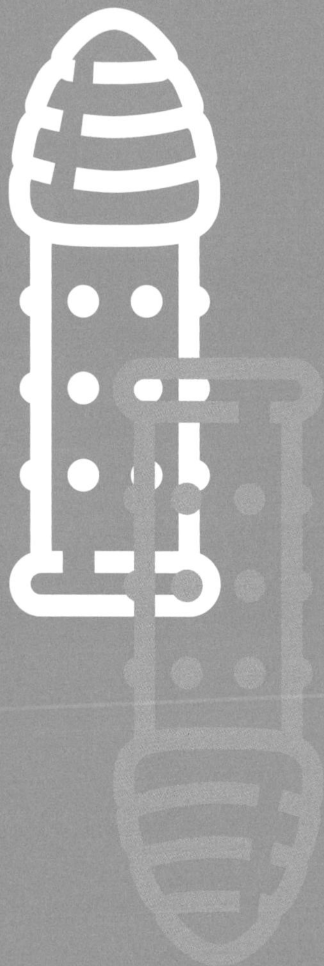

L'orgasme n'est pas une fin en soi

(ou comment sortir de la course à l'orgasme)

On entend souvent parler d'orgasme, mais sait-on réellement de quoi il s'agit ? D'ailleurs, quelle est la différence entre orgasme et jouissance ?

La jouissance désigne le plaisir intense que l'on ressent pendant l'acte, tandis que l'orgasme, lui, correspond au point culminant de ce plaisir.

Au moment de l'orgasme, une explosion survient dans le cerveau, libérant ainsi un cocktail d'hormones : endorphines, sérotonine, dopamine, lulibérine, ocytocine, testostérone… En somme, de quoi faire tourner la tête. Ceci explique en partie pourquoi nous pouvons rapidement devenir accros. La quête d'un plaisir toujours plus grand est omniprésente et peut parfois poser problème.

Le plaisir orgasmique, c'est pas automatique

Encore aujourd'hui, le culte de la performance pousse de nombreuses personnes à croire que l'orgasme est le but ultime à atteindre lors d'un rapport sexuel, que ce soit pour son propre plaisir ou celui de sa ou son partenaire. Mais **ces croyances peuvent rapidement devenir limitantes.** Lorsque l'orgasme est perçu comme le saint Graal du rapport, de nombreux blocages et incompréhensions peuvent survenir. Espérer l'orgasme pour son ou sa partenaire ou pour soi-même peut très vite nous plonger dans les affres de la frustration s'il ne survient pas.

En effet, on peut avoir tendance à l'oublier, mais l'orgasme ne fonctionne pas toujours comme on le souhaiterait. Il n'est pas automatique, et plusieurs facteurs peuvent être à l'origine de son absence : fatigue, stress, anxiété, angoisse, charge mentale, problèmes personnels, conflits dans le couple, problèmes de communication, manque d'attention, traumatismes, maladies, traitements médicamenteux, drogues… la liste est longue.

Voir au-delà de l'orgasme

Comment sortir de l'orgasme à tout prix ? Tout d'abord, en prenant conscience du problème, si tant est qu'il en soit un. Cela paraît logique et inévitable, mais il me semble important de le préciser. **Prendre conscience, c'est réussir à identifier la problématique** dont il est question, la visualiser dans son ensemble et se la représenter clairement. Ainsi, on aura plus de facilité à agir dessus.

En deuxième lieu, le démystifier. On peut avoir tendance à voir l'orgasme comme une récompense finale, un aboutissement, l'instant ultime ou la fin d'un moment intense. Et si la récompense n'était pas l'orgasme en lui-même, mais bien **le partage et le plaisir pris pendant l'acte** ? Quand on y réfléchit, l'orgasme de manière générale ne correspond qu'à une très courte partie du rapport. Évidemment, s'il surgit naturellement ou par envie, on ne va pas s'en plaindre, le retenir, ni même le bannir de nos vies. Mais adopter un point de vue différent sur les rapports que l'on a ne serait-il pas une piste à explorer ?

Il est tout à fait possible d'avoir un rapport fabuleux sans atteindre l'orgasme. C'est d'ailleurs la promesse de certaines pratiques qui prônent, par exemple, la stimulation d'un maximum de sens pour atteindre une jouissance inégalable.

Le sexe sensoriel pour une explosion de plaisir

Le sexe sensoriel consiste à stimuler un maximum de sens afin d'accroître le plaisir et de renforcer la proximité avec sa ou son partenaire. Il favorise la (re)découverte de l'autre en ouvrant la voie à des plaisirs différents et en faisant **passer la stimulation des organes génitaux au second plan.**

Stimuler l'ouïe

On peut stimuler l'ouïe de différentes manières : par les gémissements, en appuyant les baisers sur diverses parties du corps, en chuchotant des mots doux ou crus au creux de l'oreille... Les sons extérieurs (musique, *audio porn*...) s'avèrent également très efficaces.

Stimuler la vue

Vous pouvez stimuler la vue en créant une ambiance propice à la détente (lumière tamisée, bougies...) ou en vous essayant chacun· e au striptease, par exemple. Cela peut également passer par le contact visuel durant le rapport ou par le visionnage d'un film X afin de stimuler aussi votre imagination.

Stimuler l'odorat

En plus de s'imprégner de l'odeur de sa ou son partenaire en parcourant son corps, on peut stimuler l'odorat grâce à son propre parfum, aux parfums d'ambiance, à l'encens, aux huiles de massage et aux huiles essentielles.

Stimuler le goût

Goûtez le corps de l'autre directement ou incorporez des éléments comestibles (chocolat, chantilly, fruits, miel...) et parfumés (préservatifs, lubrifiants...). Vous pouvez également échanger des liquides par la bouche et vous délecter de saveurs diverses et variées.

Cette méthode de stimulation des sens, vous l'aurez compris, permet d'abandonner la course à l'orgasme au profit d'un partage plus intense et peut aider à se reconnecter à l'autre mais peut aussi prévenir la survenue de sabotages futurs.

Injonctions à l'orgasme et sabotages

L'injonction à l'orgasme peut très rapidement avoir des effets néfastes sur la sexualité, notamment chez la gent féminine. D'après un sondage Ifop réalisé au printemps 2021 pour le magazine *Femme actuelle*[3], 57 % des femmes auraient déjà simulé un orgasme avec leur partenaire actuel·le. Qu'elle soit imputée au patriarcat ou à ses reliquats, à l'expression faussée du plaisir dans la pornographie *mainstream* ou encore à un manque d'écoute de la part du ou de la partenaire, cette problématique est l'illustration parfaite du sabotage pouvant découler de ce type d'injonctions.

Autre exemple de sabotage lié à la course à l'orgasme : l'oubli du plaisir en tant que tel. Lorsque l'on est focalisé·e sur quelque chose, il est difficile d'en détourner notre attention. Ainsi, on peut se retrouver à concentrer notre esprit sur l'orgasme, **au détriment de la jouissance** qui pourrait être ressentie tout au long du rapport. Peuvent alors s'ensuivre des déconnexions de notre propre corps ou du corps de notre conjoint·e, qui elles-mêmes déboucheront sur d'autres problématiques.

Qu'est-ce que l'anorgasmie ?

L'une des problématiques majeures liées à la déconnexion de son propre corps est l'anorgasmie. Il s'agit d'un trouble de la sexualité qui peut toucher tout le monde, bien que les femmes soient plus souvent concernées par cette problématique. Il se caractérise par la difficulté ou l'impossibilité d'atteindre l'orgasme. Malheureusement, il n'est généralement traité que lorsqu'une personne éprouve et évoque une souffrance vis-à-vis

3. « 57 % des femmes ont déjà simulé l'orgasme avec leur partenaire actuel : pour quelles raisons ? », *Femme actuelle* « le mag », 1er mars 2021.

de cette situation, pour soi-même ou pour son couple.

Plusieurs causes peuvent être à l'origine de l'anorgasmie : blocages psychologiques, abus sexuels, pathologies, infections, âge ou encore manque d'éducation sexuelle. Fort heureusement, il est possible d'identifier l'origine du problème et de le résoudre ; la meilleure des solutions consiste à **échanger avec un·e sexothérapeute ou un·e sexologue si le souci persiste**. Et en attendant une solution, il est capital de rester bienveillant·e envers soi-même.

Les points essentiels à retenir

- LA JOUISSANCE ET L'ORGASME SONT DEUX CHOSES DIFFÉRENTES. LA PREMIÈRE CORRESPOND AU PLAISIR INTENSE RESSENTI PENDANT L'ACTE, TANDIS QUE LE SECOND DÉSIGNE LE CLIMAX DE CE PLAISIR.
- LE CULTE DE LA PERFORMANCE BIAISE NOTRE RAPPORT À LA SEXUALITÉ.
- L'ORGASME N'EST PAS AUTOMATIQUE. PLUSIEURS FACTEURS PHYSIQUES ET PSYCHOLOGIQUES PEUVENT NOUS EMPÊCHER DE L'ATTEINDRE.
- FAIRE FI DES INJONCTIONS PERMET DE VIVRE UNE SEXUALITÉ PLUS ÉQUILIBRÉE VIS-À-VIS DE SOI-MÊME MAIS ÉGALEMENT VIS-À-VIS DES AUTRES.
- IL EST TOUT À FAIT POSSIBLE DE VIVRE UN RAPPORT EXCEPTIONNEL SANS ATTEINDRE L'ORGASME.

Les questions à se poser pour avancer sur ce sujet

- L'ORGASME EST-IL UNE FINALITÉ POUR MOI ? SI OUI, POUR QUELLES RAISONS ?
- CHERCHER À OBTENIR UN ORGASME EST-IL SYNONYME DE PRESSION POUR MOI ? SI OUI, POUR QUELLES RAISONS, ET QUE PUIS-JE FAIRE POUR Y REMÉDIER ?
- DURANT UN RAPPORT, AI-JE L'IMPRESSION D'ÊTRE CONNECTÉ·E À MON CORPS ET D'ÊTRE PLEINEMENT À L'ÉCOUTE DE CE QUE JE RESSENS, DU PLAISIR QUE JE PRENDS ?
- NE PAS ME FOCALISER SUR L'ORGASME M'AIDERAIT-IL À MIEUX VIVRE CE MOMENT DE PARTAGE ?
- QUELS SONT POUR MOI LES POINTS POSITIFS À SORTIR DE LA COURSE À L'ORGASME ?
- LE SEXE SENSORIEL POURRAIT-IL M'AIDER À REDÉFINIR LES CONTOURS DE MON RAPPORT À L'ORGASME ? SI OUI, QUEL CADRE POURRAIS-JE DÉFINIR (AVEC MON ÉVENTUEL·LE PARTENAIRE) POUR VIVRE CETTE EXPÉRIENCE PLUS RÉGULIÈREMENT ?

– Tu me rends dingue, Lola.

– C'est toi qui me rends dingue…

Sous les draps, Matias et Lola se découvrent mutuellement. L'un contre l'autre, ils savourent cette rencontre charnelle tant attendue. La jeune femme, essoufflée par l'excitation, lâche :

– J'ai envie de ta langue… de tes doigts…

Le regard complice et un sourire en coin, Matias s'exécute. De ses lèvres, il effleure la cuisse tatouée de sa partenaire et dépose un baiser mordant dans le creux de son aine. Lola laisse échapper un frisson nerveux qui lui électrise le corps.

– Putain… soupire-t-elle, tandis que le jeune homme stimule son clitoris du bout de la langue.

– Ça te plaît ?

– Devine… Ça valait le coup de se faire dépister, non ?

Matias acquiesce et poursuit. Savourant la vulve de Lola, il se délecte de la mouille qui ruisselle entre ses lèvres.

– Tu as un goût absolument divin…

– Et toi, une langue absolument exquise.

Après avoir demandé le feu vert à sa complice, le jeune homme applique du lubrifiant sur ses doigts, en insère un premier, puis un deuxième en elle. Lola gémit sans retenue. Elle fait onduler son bassin et agrippe sa poitrine. Matias, lui, est à l'écoute. Il observe le visage de sa partenaire et voit en chacune de ses expressions la manifestation du plaisir qu'elle ressent.

– J'ai terriblement envie de t'emmener jusqu'à l'orgasme, Lola. Parle-moi. Guide-moi.

La jeune femme élude la proposition.

– Que dirais-tu plutôt de venir jusqu'à ma bouche ?

– C'est-à-dire ?

– Tu veux que je te fasse un dessin ?

Le jeune homme retire ses doigts.

– Mais... attends. Je ne suis pas sûr de comprendre. Tu ne veux pas terminer ? Je pensais que tu prenais du plaisir. Je suis désolé si...

– Matias, c'était parfait, conclut Lola.

Insatisfait de cette réponse, le garçon relance :

– S'il y a quoi que ce soit, tu peux m'en parler, tu sais ?

– Matias, vraiment, crois-moi. C'était génial. Je n'atteins pas l'orgasme tout le temps et ce n'est pas grave. Pour moi, c'est le moment qu'on partage qui compte. Pas la finalité.

– Si je comprends bien, tu es en train de me dire qu'on pourrait en rester là sans que tu sois frustrée ?

– Tu as tout compris. À cette différence près que je crève d'envie de m'occuper de toi. Si tu en as envie aussi, bien sûr.

Après quelques secondes d'hésitation, il finit par répondre :

– Comment refuser ? C'est si généreusement proposé...

Ils rient.

Lola pousse brutalement Matias qui s'affale sur le lit. Sûre d'elle, elle s'approche lentement de lui, rabat ses cheveux en arrière puis commence à lui sucer le gland. Avec ardeur, la bouche humide de la jeune femme glisse d'avant en arrière. Le garçon, littéralement envoûté, la dévore du regard.

– Tu es magnifique, déclare Matias, décontenancé.

Lola se redresse.

– Fais attention, tu risques de tomber amoureux.

– C'est si désagréable que ça ?

– « Prêt pour une histoire d'un jour plutôt que pour une histoire d'amour », tu as déjà oublié ?

– J'ai l'amnésie facile.

– Je vais te rafraîchir la mémoire.

Avec humour, Lola mord légèrement le sexe de Matias, qui sursaute.

– Ça te revient, maintenant ? demande la jeune femme en riant.

– Que se passera-t-il si je réponds non ?

– Essaie, tu verras bien...

6

Quand l'amour s'en mêle

(ou l'art de sortir
de la galère sentimentale)

Je reçois parfois des témoignages concernant l'ambiguïté qui peut naître des relations exclusivement sexuelles. Lorsque je parle d'ambiguïté, je fais référence aux sentiments qui peuvent s'éveiller au fil du temps lorsque l'on côtoie quelqu'un dans un cadre qui peut parfois prêter à confusion. Cette notion de temps est propre à chacun·e, ce qui signifie qu'il n'existe pas de règle absolue en la matière.

Oui, ton plan cul peut devenir ton plan cœur

Ce qui peut poser souci dans ce genre de situation, ce ne sont pas tant les sentiments eux-mêmes que le trouble qu'ils sèment, nous poussant lentement à sortir de notre zone de confort, de ce que l'on connaît et de ce qui nous rassure, pour **remettre en question la relation que l'on vit et la façon dont on souhaite la vivre**.

Certaines personnes se retrouvent même confrontées à de pareilles circonstances sans entretenir de relation charnelle. C'est notamment le cas de celles et ceux qui éprouvent une attirance certaine pour un·e collègue de bureau, un·e ami·e ou encore un·e voisin·e et qui, au fil du temps, développent une forme d'ambivalence sans s'en rendre compte.

Distinguer attachement, affection et amour

En général, c'est lors de ce questionnement que les choses se compliquent, car il n'est pas toujours aisé de mettre des mots sur ce que l'on ressent. Les définitions de chacun de ces termes sont très proches, et les ressentis le sont tout autant, ce qui explique la véritable difficulté que l'on peut avoir à **faire preuve de discernement**.

Le dictionnaire Larousse les définit comme suit :

Attachement : « Sentiment d'affection, de sympathie ou vif intérêt qui lie fortement à quelqu'un, [...] à quelque chose. »

Affection : « Sentiment d'amitié, de tendresse, d'attachement pour quelqu'un. »

Amour : « Inclination d'une personne pour une autre, de caractère passionnel ou sexuel. Liaison, aventure amoureuse, sentimentale [...]. »

Les nuances sont très subtiles, c'est vrai, et même le Larousse ne pourrait se targuer d'avoir tout compris et d'être en mesure de définir avec certitude ce sentiment si intime qu'est l'amour. Elles le sont encore plus lorsqu'il s'agit de les analyser par le prisme de choses aussi impalpables, subjectives et abstraites que les sentiments. Il convient alors d'entreprendre une réflexion claire en se posant les bonnes questions.

Démêler le vrai du faux avant de se jeter à l'eau

La psychologie sentimentale peut vite s'avérer complexe dès lors qu'on tire des conclusions hâtives ou que l'ont fait des suppositions infondées sans prendre de recul sur la situation. Ainsi, **prendre le temps de l'introspection** afin de se poser les bonnes questions peut parfois aider à y voir plus clair.

- Est-ce que j'éprouve des sentiments à son égard ?
- Quels sont ces sentiments ?
- Sont-ils ponctuels (uniquement lorsque l'on se voit) ou s'inscrivent-ils dans le temps (sont-ils présents en permanence) ?
- Est-il possible que j'aie simplement besoin d'être aux côtés d'une personne attentive ?

Lorsque l'on arrive à trancher sur ces questions, et que des sentiments se révèlent, l'on peut craindre de se jeter à l'eau par peur de perdre l'autre, de perdre la relation et l'attention ; en somme, **par peur de tout gâcher**.

En effet, même si les règles de départ sont claires et si chacun·e est d'accord sur les modalités d'une relation purement physique, personne n'est à l'abri d'un coup de cœur ou d'un coup de foudre. Si le cas se présente, les cartes sont inévitablement redistribuées et la relation entre alors dans une nouvelle phase.

Choisir sa direction et se jeter à l'eau sans craindre l'issue de la relation

Rien ne sert de se noyer dans un mutisme qui ne soulèvera que de nouvelles questions et alimentera les craintes. Il est parfaitement normal de douter et de ne pas oser franchir le cap de la discussion à cœur ouvert. Pourtant, **savoir** (si les sentiments sont partagés ou non, par exemple), **c'est pouvoir** : pouvoir être ensemble, pouvoir se séparer, pouvoir redéfinir la relation, pouvoir tourner la page, pouvoir se libérer d'un poids... **pouvoir avancer**, tout simplement, et ce, **quelle que soit l'issue de la relation**.

La peur de confirmer ce que l'on pense déjà savoir ou la peur de sortir de sa zone de confort peuvent être déstabilisantes, voire paralysantes, mais pouvoir se projeter dans l'avenir est une composante essentielle dans l'équilibre de la relation, et de chacune des personnes impliquées.

Même si l'on craint de faire face à des réponses qui ne seront peut-être pas celles que l'on espère entendre, sauter le pas permet aussi d'accueillir, à l'inverse, des réponses positives. Comme le dit l'adage : « Qui ne tente rien n'a rien. » C'est d'ailleurs de cette manière que certain·es *sex friends* finissent par s'avouer la réciprocité de leurs sentiments. Certes, **chaque relation dispose de ses propres particularités et il est impossible d'être universel sur ces sujets.**

Une question plus large peut alors se poser : souhaitons-nous vivre avec des regrets ?

5 choses à faire pour créer et maintenir l'équilibre dans son couple

Si vos sentiments sont partagés et que le bonheur fait irruption dans votre vie, il vous faudra encore faire preuve de patience, d'écoute et de compréhension pour que l'équilibre soit au rendez-vous. J'aimerais vous dire que le couple parfait existe, mais ce serait mentir. Nos individualités ne sont pas toujours choyées, et l'on peut vite se perdre dans les dédales de l'amour si l'on ne travaille pas à deux à l'équilibre de la relation.

Communiquer

Derrière la notion de communication se cache une autre idée, qui est celle de partage. Communiquer, c'est échanger des informations afin d'apporter **un éclairage sur les ressentis, les pensées, les envies ou les besoins de chacun·e.** Sans réelle communication, il est beaucoup plus difficile de se positionner et d'agir dans le couple.

Il est donc indispensable de parler de vos besoins, de vos désirs, de vos limites, de vos envies à votre partenaire et de l'inviter à faire de même. Attention, cela doit toujours se faire dans le respect et la bienveillance. Il faut garder l'esprit ouvert et ne pas décréter que tout est fichu au moindre désaccord : en tant que couple, vous formez une équipe. Si votre partenaire et vous avez tous·tes deux envie que votre relation fonctionne, vous saurez trouver une solution, ensemble.

Savoir se remettre en question

La remise en question permet de réfléchir sur soi et de **mettre en perspective tous les éléments** qui nous définissent en tant qu'individu afin de nous améliorer. Dans le couple, elle permet de s'adapter aux évolutions que chacun·e connaît dans sa vie. En effet, rien n'est figé. À titre d'exemple, vous n'êtes certainement pas la même personne que celle que vous étiez il y a dix ans.

Prenez donc le temps, régulièrement, de réfléchir à la personne que vous êtes, de faire le point sur les aspects qui ont évolué en vous au fil des années (ambitions, désirs, hobbies, langages amoureux...). Faire durer une relation, c'est aussi grandir ensemble, et cela n'est possible que si les partenaires ne gardent pas une image figée d'elleux mêmes, de l'autre, et de leur couple.

Prendre du temps pour soi

Pour être bien à deux, il faut d'abord être bien avec soi-même. Aussi, prendre du temps pour soi permet de **ne pas se perdre dans la relation** et de garder un espace de liberté dans lequel on peut s'épanouir seul·e. Cela améliore la qualité et l'équilibre des moments passés à deux.

Réservez-vous des moments pour explorer des envies, des activités que vous voulez faire et qui n'intéressent pas forcément votre moitié : passer du temps avec vos ami·es à vous, continuer ce sport que vous pratiquez depuis une décennie et qui vous fait tellement de bien, simplement vous réserver une après-midi tranquille pour ne rien faire et goûter la solitude, etc. N'oubliez pas que pratiquer des activités seul·e vous permettra d'avoir des choses à partager avec votre partenaire !

Vivre des moments privilégiés

Regarder une bonne série sur Netflix ensemble n'est pas toujours suffisant (même si ça peut être très cool !) et la routine peut parfois peser sur l'équilibre du couple. Vivre des moments privilégiés, c'est partager des choses ou des activités qui sortent du quotidien **en étant pleinement présent·e pour et avec l'autre**.

Vous pouvez, par exemple, aller au restaurant, jouer à un jeu de société, vous balader main dans la main ou encore aller voir un film au cinéma. Vous pouvez aussi organiser un pique-nique, une randonnée, un week-end en amoureux·ses, partir vers une destination inconnue sur un coup de tête ou profiter d'un moment de détente dans un spa, un hammam ou un salon de massages. Les idées ne manquent pas. Le tout est de trouver le moment privilégié qui vous fera vibrer ensemble en fonction du contexte, de vos disponibilités, de vos possibilités et de vos moyens.

Respecter l'autre

Faire preuve de respect envers notre partenaire ne consiste pas seulement à surveiller nos actes et nos paroles. Il faut aussi veiller à respecter qui iel est, ses désirs, ses envies, ses limites et ses besoins quoi qu'il arrive. Cela passe aussi par le fait de tenir compte de ce qu'iel ressent, **sans jamais chercher à s'imposer**, quel que soit le sujet.

S'iel ne souhaite pas s'initier à une pratique sexuelle car il s'agit d'une de ses limites actuelles, respectez ce choix et verbalisez ce que vous avez retenu de votre échange tout en laissant la porte ouverte à une discussion ultérieure (en cas d'évolution ou de changement d'avis).

Par exemple : *J'ai bien entendu que la sodomie ne t'attirait pas pour le moment et tu n'as pas à culpabiliser par rapport à ça. Si ton envie évolue, nous pourrons en discuter ultérieurement et, si elle n'évolue pas, ce n'est pas une fin en soi. Nous trouverons d'autres choses à découvrir ensemble et qui nous attireront tous·tes les deux !*

En verbalisant de cette manière, vous confirmez avoir entendu et assimilé le sujet dont il est question (la limite que représente la sodomie), vous évitez d'engendrer un sentiment de culpabilité chez votre partenaire suite à l'expression de sa non-envie (*tu n'as pas à culpabiliser par rapport à ça*), vous lui laissez la possibilité de revenir sur sa décision s'iel le souhaite (*si ton envie évolue, nous pourrons en discuter ultérieurement*) et vous terminez sur une note positive qui ouvre le champ des possibles (*nous trouverons d'autres choses à découvrir ensemble et qui nous attireront tous·tes les deux*).

Les points essentiels à retenir

→ IL EST POSSIBLE QU'UNE AMBIGUÏTÉ SENTIMENTALE NAISSE D'UNE RELATION EXCLUSIVEMENT PHYSIQUE, QUEL QUE SOIT LE CADRE POSÉ AU DÉPART.

→ DISTINGUER LES NOTIONS D'ATTACHEMENT, D'AFFECTION ET D'AMOUR PEUT AIDER À COMPRENDRE CE QUE L'ON RESSENT, À DÉMÊLER LE VRAI DU FAUX.

→ COMMUNIQUER MALGRÉ LA PEUR PERMET D'OBTENIR DES RÉPONSES POUR AVANCER VERS L'AVENIR. SAVOIR, C'EST POUVOIR.

→ NAVIGUER DANS UNE RELATION DE COUPLE N'EST INNÉ POUR PERSONNE, CELA DEMANDE DU TRAVAIL, MAIS SURTOUT DE L'ÉCOUTE, DE L'EMPATHIE, DE L'AMOUR ET DE LA BIENVEILLANCE.

Les questions à se poser pour avancer sur ce sujet

→ EXISTE-T-IL UNE AMBIGUÏTÉ QUANT AUX SENTIMENTS QUE JE RESSENS ? SI OUI, S'AGIT-IL D'ATTACHEMENT, D'AFFECTION OU D'AMOUR ?

→ CETTE AMBIGUÏTÉ ME FAIT-ELLE SOUFFRIR ?

→ COMMENT ET DANS QUEL CADRE POURRAIS-JE PARTAGER AVEC CETTE PERSONNE CE QUE JE RESSENS ?

→ SUIS-JE PRÊT·E À ENTENDRE SES RÉPONSES, QUELLE QUE SOIT L'ISSUE DE NOTRE RELATION ?

→ SI MES SENTIMENTS SONT PARTAGÉS, SUIS-JE PRÊT·E À M'ENGAGER ET À VIVRE UNE RELATION DE COUPLE ÉQUILIBRÉE ?

6

– Non, je ne souhaite pas vivre avec des regrets. Bien sûr que non. Mais ce n'est pas si simple.

– Pas si simple ? On passe la majorité de notre temps libre ensemble, argumente Lola. Dis-moi qu'il n'y a absolument aucun sentiment entre nous, et je sortirai de ta vie aussi vite que j'y suis entrée.

Sur le chemin de la plage, tandis que le paysage défile à vive allure, Matias encaisse les derniers mots de Lola. Elle a raison. Il doit parler.

– Il faut prendre la prochaine à droite, dit-il.

La jeune femme active son clignotant et s'engage dans la rue opposée. Elle se gare brutalement.

– Qu'est-ce que tu fais ?

– Je ne redémarrerai pas tant que nous n'aurons pas eu cette discussion.

Matias soupire et abaisse la fenêtre pour prendre un bol d'air.

– Je t'écoute...

– Tu m'écoutes ? Mais tu ne fais que ça, m'écouter ! C'est moi qui ai besoin de réponses, maintenant.

– Tu sais très bien ce que je ressens pour toi.

– Non, justement. Et c'est bien ça, le problème. De quoi as-tu peur, Matias ?

Le jeune homme prend quelques secondes de réflexion avant de répondre :

– J'ai peur de souffrir.

– On a tous peur de souffrir. J'ai connu la désillusion, le doute et la solitude. J'ai été jalouse, j'ai été toxique... Pourtant, rien de tout ça ne m'empêche de croire en nous. L'être humain évolue et se renouvelle sans cesse. La Lola d'hier n'a rien à voir avec la Lola d'aujourd'hui. Et je suis persuadée que tu n'es plus le même que lors de notre rencontre, il y a trois mois.

Lola toise l'homme dont elle est amoureuse et cherche dans son regard un fragment d'espoir. Les yeux dans le vague, Matias se remémore ces dernières années. Lui aussi a traversé des moments douloureux. Lui aussi a appris de ses erreurs. Mais est-il réellement prêt à faire le grand saut une nouvelle fois ?

– Et si ça ne fonctionne pas, entre nous ?

– Et si au contraire, ça fonctionnait ?

– Tu fais toujours ça.

– Je fais toujours quoi ?

– Tu réponds à mes questions par d'autres questions, relève Matias. Pourquoi ?

– Pourquoi pas ?

– Tu recommences.

– Oups... répond Lola, l'air mutin. Tu as raison. J'aime voir les choses sous des angles différents et, bien souvent, je pousse les autres à en faire autant.

– C'est très réussi.

– Ça le sera si j'obtiens les réponses dont j'ai besoin pour avancer.

Acculé, Matias n'a pas d'autre choix que de parler à cœur ouvert :

– Oui, j'éprouve des sentiments pour toi.

À ces mots, Lola prend sa main pour l'encourager à poursuivre.

– En réalité, j'ai peur de ces sentiments car je ne sais pas de quoi demain sera fait. Ne pas avoir de contrôle sur l'avenir me terrifie. Ce qu'on vit actuellement est si précieux à mes yeux...

– C'est vrai qu'on baise énormément.

Ils éclatent de rire.

– Je ne te parle pas de ça, même si, pour le coup, tu as raison !

– J'ai toujours raison. Il va falloir t'y faire.

– Ce côté « sûre de toi » te rend terriblement sexy...

– Même sans ça je suis à tomber par terre...

6

Leurs lèvres se heurtent brutalement. Ils s'embrassent avec une passion frénétique. Lola plonge sa main sous le T-shirt de Matias pour être au contact de son torse. Lui en fait autant, dévoilant la poitrine saillante de la jeune femme. Alors qu'il lèche avidement ses seins, Lola jette un œil autour d'elle afin de s'assurer que la rue est déserte, puis fait glisser deux doigts le long de sa vulve. Trempée, elle dépose le suc sur son mamelon. Matias s'empresse de le déguster.

– Baise-moi... chuchote-t-elle.

– Et si quelqu'un nous surpr...

– Baise-moi, je t'en supplie.

Le jeune homme sourit, déboutonne son pantalon et fait glisser son boxer. Après avoir couché le siège conducteur, Lola le fait entrer en elle. Rapidement, la sueur perle sur leurs corps accablés par la chaleur. Matias se retire pour reprendre son souffle et agite son gland sur le clitoris de Lola. D'abord lentement, puis de plus en plus vite. Lola fronce les sourcils et gémit avec vigueur lorsque Matias rompt le silence.

– Je pourrais continuer pendant des heures...

Le souffle court, elle répond :

– Je vais jouir, ne t'arrête surtout pas...

– Je ne m'arrête pas, bébé. Je ne m'arrête pas.

– Continue. Encore. Encore. Encore. S'il te plaît.

L'orgasme monte en chacun d'eux. Tandis que Matias agite sa queue de plus en plus fort, il fixe Lola du regard et lâche :

– Je t'aime, Lola. Putain, je t'aime !

À ces mots, tous deux éjaculent dans un cri impudique. Mêlant leurs fluides et front contre front, la jeune femme répond :

– Moi aussi, je t'aime, Matias. Plus que tout.

7

Le sexe *anal* en 5 étapes

(et beaucoup de lubrifiant)

Il peut être adoré autant que détesté, il fait parfois fantasmer mais il peut aussi faire peur… je fais référence au sexe anal.

La zone anale (interne comme externe) contient de nombreuses terminaisons nerveuses. Elle peut donc être propice au plaisir pour peu qu'on la respecte. Pour que tout se passe au mieux, voici quelques *tips* essentiels à la bonne réalisation de cette pratique (outre l'envie partagée des partenaires, cela va de soi).

Une bonne hygiène

L'hygiène corporelle et a fortiori l'hygiène intime sont importantes pour tout ce qui concerne les rapports sexuels, et le sexe anal ne déroge pas à la règle. En plus d'une bonne douche, il est possible de pratiquer un lavement ponctuel et éclairé[4] du rectum à l'aide d'une poire à lavement adaptée. Pensez également à **nettoyer vos sextoys avant et après utilisation** à l'aide d'un produit adapté (voir les notices).

Prendre le temps et stimuler d'autres zones en amont

Le corps regorge de zones érogènes qui sont propres à chacun·e. Stimuler ces différentes zones par des caresses et des baisers avant de pratiquer la pénétration anale permet de **faire croître l'envie, le désir et favorise la relaxation physique et mentale**. Il est important de ne pas sauter cette étape afin de **prévenir les risques de douleurs et de blessures** ; le temps restant le meilleur allié de la sodomie.

4. Faire des lavements régulièrement ou sans s'être renseigné·e au préalable peut avoir des conséquences : irritations, infections voire perforations. Il doit rester ponctuel et n'est en aucun cas obligatoire.

Par ailleurs, il est possible de découvrir ce plaisir par soi-même dans un premier temps, de manière à apprivoiser ces sensations inédites à l'aide d'un doigt ou d'un jouet de votre choix. Si, par la suite, vous souhaitez partager cette découverte avec une autre personne, il sera de fait plus simple pour vous de communiquer à ce sujet.

Lubrifier à fond

Avant même la pénétration, **mieux vaut trop lubrifier que pas assez**.

Il existe différents types de lubrifiants, et même si ceux à base d'eau peuvent faire l'affaire, préférez les lubrifiants à base de silicone. En effet, ceux-ci sèchent moins vite et rendent le rapport anal plus confortable. Si vous en utilisez (et je vous y encourage pour éviter tout risque d'IST, que vous soyez en couple ou non), n'oubliez pas de **contrôler la compatibilité de la substance utilisée avec vos préservatifs**[5].

Lubrifiez la zone externe, mais aussi *tout* ce qui va être inséré par la suite, si la pénétration est au programme.

Stimuler lentement la zone anale avant pénétration

Les stimulations de la zone anale pour favoriser sa préparation et aider au lâcher-prise peuvent varier : anulingus, caresses avec la pulpe du doigt ou encore stimulation externe avec un sextoy. Elles permettent d'apprivoiser lentement ces sensations qui peuvent être nouvelles et déroutantes.

5. Les lubrifiants à base d'eau, de silicone et de glycérine sont compatibles avec tous les préservatifs. N'utilisez pas de crème, d'huile, de vaseline ou toute autre substance grasse qui pourrait augmenter la porosité du préservatif et l'endommager.

Dans le cadre de l'anulingus, pratique qui consiste à venir lécher l'anus de sa ou son partenaire, il est fortement recommandé d'utiliser une digue dentaire pour se protéger au mieux des infections sexuellement transmissibles (c'est également valable pour le cunnilingus). S'il s'agit d'un moment imprévu et que vous n'avez pas de digues dentaires à disposition, **il est possible d'en fabriquer une à partir d'un préservatif en suivant les quelques étapes suivantes** :

- désinfectez une paire de ciseaux ;
- ouvrez l'emballage du préservatif, déroulez-le délicatement puis coupez les extrémités ;
- découpez ensuite le préservatif dans le sens de la longueur.

Vous obtiendrez ainsi une digue dentaire réalisée par vos soins, à déposer sur la vulve ou l'anus de votre partenaire. Évidemment, assurez-vous au préalable que la date de péremption du préservatif n'est pas dépassée, **ne l'utilisez qu'une seule fois et que sur une seule zone** (un préservatif unique par orifice).

Communiquer pendant la pénétration

Si pénétration il y a, celle-ci doit se faire lentement et en douceur. Pour que l'expérience soit des plus agréables, communiquez avec votre partenaire. Si c'est vous qui pénétrez votre moitié, invitez-la à trouver une position dans laquelle elle se sent bien (sur le dos ou en levrette, par exemple). Si c'est vous qui êtes pénétré·e, n'hésitez pas à guider votre partenaire en fonction de ce que vous ressentez ; formulez vos sensations, bonnes ou mauvaises.

La pénétration devrait débuter avec une phalange[6] ou un jouet dont le diamètre n'est pas trop gros. Si la personne pénétrée est réceptive, vous pouvez poursuivre l'insertion de l'intégralité du doigt ou du jouet, selon ses indications ; sans mouvement dans un premier temps, puis entamez progressivement des mouvements de va-et-vient, **toujours à son rythme et si elle le souhaite uniquement**. Pour ajouter du plaisir à tout ça, elle peut également stimuler son sexe (ou demander à sa ou son partenaire de le faire) en même temps, ça n'en sera que meilleur.

Une fois la zone anale correctement préparée (autrement dit, lorsque vous avez pris le temps nécessaire à sa préparation, à sa dilatation, lubrifié correctement et, surtout, lorsque vous avez l'aval de votre partenaire), laissez faire votre imagination commune.

Vous l'aurez compris, il est important d'être à l'écoute pour que tout se passe au mieux. **Ne soyez pas pressé·e. Cela peut prendre des jours, des semaines voire des mois pour apprécier le sexe anal**. Si votre partenaire ou vous-même n'aimez pas cette pratique, ce n'est pas grave ! La sexualité est un univers assez vaste pour que l'on puisse s'épanouir sans en passer par là.

6. En ayant pris soin de vous limer les ongles au préalable afin d'éviter les coupures.

Les points essentiels à retenir

- LA ZONE ANALE, RICHE EN TERMINAISONS NERVEUSES, EST PROPICE AU PLAISIR. NÉANMOINS, IL S'AGIT D'UNE ZONE FRAGILE ET SENSIBLE QU'IL CONVIENT DE PRÉPARER AU MIEUX AVANT TOUTE STIMULATION.

- COMME POUR TOUT RAPPORT, L'HYGIÈNE EST IMPORTANTE, MAIS LE LAVEMENT ANAL N'EST PAS OBLIGATOIRE.

- LA STIMULATION DES DIFFÉRENTES ZONES ÉROGÈNES DU CORPS EST ESSENTIELLE EN AMONT DE LA STIMULATION ANALE. ELLE FAVORISE LA RELAXATION DU CORPS ET DE L'ESPRIT.

- L'UTILISATION DE LUBRIFIANT EST PRIMORDIALE POUR LIMITER TOUT RISQUE DE DOULEUR ET DE BLESSURE.

- L'UTILISATION DU PRÉSERVATIF LORS DE LA PÉNÉTRATION ET D'UNE DIGUE DENTAIRE LORS D'UN RAPPORT BUCCO-ANAL EST FORTEMENT RECOMMANDÉE POUR LIMITER LES RISQUES D'IST.

- ENVIE, COMMUNICATION ET PATIENCE SONT LES MAÎTRES-MOTS DE CETTE PRATIQUE.

Les questions à se poser pour avancer sur ce sujet

- AI-JE RÉELLEMENT ENVIE DE PRATIQUER LE SEXE ANAL ? SI OUI, DANS QUELLES CONDITIONS ? (EXEMPLES : D'ABORD SEUL·E, PLUTÔT ACCOMPAGNÉ·E, PAR DE SIMPLES CARESSES LA PREMIÈRE FOIS…)
- TOUTES LES CONDITIONS SONT-ELLES RÉUNIES POUR QUE JE PUISSE M'Y ESSAYER EN TOUTE SÉCURITÉ ? SINON, QUELLES SONT CELLES À RÉUNIR AVANT DE ME LANCER ?
- LORSQUE JE ME PROJETTE, QUELLES SONT LES STIMULATIONS QUI SEMBLENT M'ATTIRER LE PLUS ?
- SELON MOI, QUELLES SONT LES POSITIONS DANS LESQUELLES JE SUIS SUSCEPTIBLE D'ÊTRE PLUS DÉTENDU·E, PLUS À L'AISE ?

7

Le sourire moqueur, Lola observe l'élu de son cœur parfaire sa coiffure. Il applique ensuite une crème hydratante sur son visage.

– Tu sais quand même que c'est la première fois que je vois un homme se coiffer avant d'aller se coucher ?

En guise de réponse, Matias se parfume.

– Et se parfumer, aussi, conclut Lola.

– J'aime me faire beau pour toi, même avant d'aller dormir.

– Tu me plais naturellement, tu sais ? Coiffé ou non.

Matias sort de la salle de bain, se dirige vers son aimée et lui donne un baiser langoureux.

– J'adore t'embrasser, confie-t-il.

– Et moi, alors ! Je pourrais rester collée à tes lèvres jusqu'au bout de la nuit.

– Attention, je vais te prendre au mot...

– Que dirais-tu de me prendre tout court ?

– Hum... Madame est d'humeur joueuse ?

– Tu n'as même pas idée...

– Dans ce cas, j'aimerais beaucoup essayer quelque chose...

– De la nouveauté ? J'adore... Tu penses à quoi ?

Après quelques secondes d'hésitation, Matias se lance :

– Tu as déjà testé le sexe anal ?

– Une fois, oui. Mais je n'en ai pas gardé un très bon souvenir.

– Merde. Tu veux en parler ?

– Il n'y a pas grand-chose à dire. Le mec m'a proposé, j'ai accepté, et ça s'est avéré plutôt douloureux. Je lui ai suggéré de mettre du lubrifiant, ce qu'il a fait, mais c'était trop tard, j'avais déjà mal. Du coup, on a arrêté et je n'ai jamais réitéré l'expérience.

– Attends, t'es en train de dire que le gars t'a sodomisée sans lub au départ ?

– C'est ça.

– Mais il est dingue, lui ! Ça me tue ! Je suis vraiment désolé que tu aies vécu les choses ainsi.

– Pourtant, il était à l'écoute et respectueux. Mais avec du recul, je me demande si ce n'était pas sa première sodomie à lui aussi. Il devait manquer de connaissances sur le sujet.

– Dans ce cas-là, on se renseigne en amont, non ? questionne Matias, dépité.

– On est d'accord. Et toi, alors ? Est-ce que tu maîtrises l'art de l'anal ?

– Ce qui est sûr, c'est que j'ai un peu d'expérience dans le domaine. Et par expérience, j'entends : BEAUCOUP DE LUBRIFIANT !

L'atmosphère se détend à travers leurs éclats de rire. Puis, sans que Matias l'anticipe, Lola propose :

– Je veux bien tenter avec toi.

– Tu es sûre de toi ? répond-il. Tu sais, ne te sens surtout pas obligée de...

– Je me sens en confiance avec toi, mon cœur. Et je sais que tu seras pleinement à l'écoute.

Touché, le garçon serre longuement Lola dans ses bras et la remercie. La jeune femme ajoute d'un air mystérieux :

– En revanche, je n'accepte qu'à une seule condition...

– Laquelle ? demande Matias, curieux.

– Que ce soit donnant-donnant.

– Je ne suis pas sûr de comprendre...

– Je te laisse prendre mon cul si tu me laisses ensuite prendre le tien.

Le jeune homme écarquille les yeux. Lola, quant à elle, est fière de son effet de surprise.

– Ah ! Je m'attendais à tout sauf à ça ! dit-il en s'agrippant la tête. Tu dis ça sérieusement ou c'est simplement pour me bousculer ?

Impassible, Lola pointe l'index vers son visage pour lui indiquer qu'elle est tout à fait sérieuse.

– Donc, ce n'est pas une blague, déduit-il. Putain... je suis sur le cul...

– À défaut d'être dans le mien...

– Je dois te donner une réponse maintenant ? demande-t-il dans un semblant de panique.

La jeune femme rit à gorge déployée.

– Arrête de te foutre de moi. Mets-toi à ma place !

– Figure-toi que c'est ce que je m'apprête à faire !

– Certes, mais c'est quand même plus commun dans ce sens que dans l'autre.

– Qu'est-ce que tu sous-entends ? Que le sexe anal n'est réservé qu'aux femmes ?

– Je ne sous-entends rien. Je dis simplement que l'idée ne m'a jamais traversé l'esprit.

– Allez, je suis sympa. Je te laisse quelques jours de réflexion.

– Tu es trop bonne avec moi !

– Je sais... Mais assez parlé ! tranche Lola. Je vais prendre une douche en vitesse. Il me semble que tu as une proposition à mettre à exécution...

* * *

À quatre pattes sur le canapé, après une levrette effrénée, Lola tend ses fesses à Matias. Tandis qu'elle caresse sa vulve tiède, son petit ami se met à genoux sur le sol. Il le sait, la sodomie est affaire de patience. Du bout de la langue, il commence à lui lécher le pourtour de l'anus, ce qu'elle semble apprécier. Une dizaine de minutes plus tard, il applique un lubrifiant au silicone sur son doigt et exerce des mouvements circulaires avec la pulpe.

– Hummm... j'adore, chuchote la jeune femme.

Matias le perçoit, Lola se détend.

– Continue de te toucher... Fais-toi du bien. Je vais bientôt entrer en toi, d'accord ?

Elle hoche la tête en guise d'approbation. Tout en se mordant la lèvre, elle sent une phalange la pénétrer délicatement, puis une seconde. Matias attend quelques instants que l'anus de Lola se décontracte avant d'insérer son doigt complètement. Les allers-retours qui suivent sont lents et délicats.

– Comment tu te sens ? interroge le jeune homme.

– C'est trop bon...

– Je continue ?

– S'il te plaît... mets-en un deuxième.

Matias rajoute du lubrifiant et glisse un autre doigt.

– Tu les prends bien...

– Ça m'excite tellement...

Comme pour apporter la preuve de ce qu'elle dit, Lola se balance d'avant en arrière, s'empalant toujours plus profondément sur les doigts de Matias. Sentant son cul s'ouvrir avec toujours plus de facilité, elle invite son amant à y glisser sa verge.

– Oh putain ! s'exclame-t-elle dans un cri jouissif.

– Ça te plaît ?

– Tu es si dur... Tu me remplis si bien...

Matias reste immobile une nouvelle fois, le temps que Lola s'habitue à cette nouvelle sensation. Le feu vert pour poursuivre lui est donné dès lors que la jeune femme entreprend de nouveaux mouvements du bassin.

Passé quelques minutes, les va-et-vient de Matias se font de plus en plus rapides, de plus en plus soutenus. Le regard fixe, il apprécie le fessier bombé de sa belle qui gémit sans retenue. Ce qu'il souhaite par-dessus tout, c'est lui offrir un plaisir inédit. Alors, il continue de la prendre inlassablement pendant que Lola branle le gland de son clitoris. Bassin contre bassin, les coups de reins sont de plus en plus marqués. Les bourses du jeune homme claquent sur le derrière de Lola, conférant à l'action une dimension encore plus excitante. La main couverte de cyprine, Lola se frotte avec une envie toujours plus frénétique lorsqu'elle sent monter en elle le feu d'un plaisir indescriptible.

– Bébé, je vais jouir ! Ne t'arrête pas ! Encore ! Plus fort ! Je t'en supplie, défonce-moi ! Défonce-moi !

Faisant pour la première fois l'expérience des mots crus avec Lola, Matias perd subitement le contrôle de son envie.

– Putain, bébé ! Ça vient, ça vient !

Dans un hurlement conjoint, Lola et Matias abandonnent toute inhibition pour laisser place à un orgasme brutal et d'une incroyable synchronicité. Les râles de satisfaction font désormais place aux soupirs éraillés tandis que le couple s'affale sur le canapé, trempé d'émotion. Essoufflé et encore étourdi par la puissante décharge d'hormones, le jeune homme se délecte des gémissements de Lola qui s'apparentent à une complainte.

– Ça va, chérie ? demande-t-il.

Après quelques secondes de silence bruyant, la jeune femme répond :

– Je crois que je viens de jouir du cul...

8

Le *point* « P »

(« p » comme prostate, « p » comme pegging)

La prostate est une glande propre à l'appareil reproducteur masculin. Surnommée « point P » en référence à l'ex-point G (rebaptisé « zone G ») féminin, elle procure un plaisir inégalable lorsqu'elle est stimulée. Oui, vous avez bien lu. En plus d'avoir un rôle à part entière dans la production du sperme, **la prostate peut être source de plaisir**.

Pour en avoir le cœur net, j'ai réalisé un petit sondage auprès de ma communauté. Ma question s'adressait à tous·tes les propriétaires de prostates pratiquant ou ayant déjà pratiqué sa stimulation : « Comparé à un orgasme "standard" (par stimulation du sexe), ressentez-vous l'orgasme prostatique comme étant plus puissant ? Si oui, combien de fois plus ? » Les participant·es pouvaient voter sur une échelle allant de 1 (aucune différence) à 10 (extrêmement plus puissant). Vingt-quatre heures et quelques centaines de votes plus tard, la moyenne obtenue était de 6. En d'autres termes, ces personnes ressentent ou ont ressenti l'orgasme prostatique comme étant **6 fois plus fort qu'un orgasme dit *commun***.

Bien sûr, ces résultats peuvent ne pas refléter la population générale, ma démarche n'étant pas scientifique. Mais je pense que ce score est tout de même évocateur du plaisir que peut procurer la stimulation prostatique. J'espère d'ailleurs qu'il éveillera en vous une certaine curiosité pour cette pratique !

Comment stimuler le point P ?

Le point P peut être stimulé par pénétration anale, et les recommandations pour s'y préparer sont **donc les mêmes que celles présentées dans la partie précédente**.

Cela dit, pour stimuler la prostate, il faut tout d'abord la trouver. Elle se situe à environ deux à trois phalanges de l'entrée du rectum, en direction de la vessie, et a la consistance d'une petite balle molle.

Sa stimulation peut se faire avec un doigt, un pénis ou un sextoy. Il existe d'ailleurs des jouets spécialement conçus pour cette pratique : **les stimulateurs prostatiques.** Ces derniers, vibrants ou non, sont incurvés, ce qui leur permet, une fois insérés, de venir toucher directement la prostate. De légers mouvements de va-et-vient apporteront encore plus de plaisir. Le *pegging*, quant à lui, plus rarement appelé « chevillage », est **une pratique anale pénétrative réalisée à l'aide d'un gode ceinture.**

Le tabou, premier ennemi de votre prostate

Chez les couples cisgenres hétérosexuels, la stimulation prostatique, et en particulier le *pegging*, peut donner aux rapports sexuels une nouvelle dimension, la femme devenant pénétrante et l'homme pénétré. Problème : aujourd'hui encore, les schémas hétéronormés sont très présents et peuvent être sources d'associations d'idées délétères. C'est ainsi que beaucoup d'hommes cisgenres et hétérosexuels rejettent l'idée du sexe anal, du *pegging*, voire remettent en cause leur sexualité, pensant à tort que la pénétration anale n'est réservée qu'aux gays.

On ne le répétera jamais assez : **apprécier une pratique ne définit pas qui vous êtes ni votre orientation sexuelle.** Pardonnez-moi cette analogie culinaire, mais adorer les pâtes au pesto ne fait pas de vous un·e italien·ne pour autant.

En parler pour briser les clichés

Ce n'est une surprise pour personne, les stéréotypes ont la vie dure et véhiculent des images, des idées qui sont en décalage avec la réalité. Ainsi, on entend encore dire que le bleu est réservé aux garçons tandis que le rose est réservé aux filles (oui, on ne parle que de simples couleurs), que le vernis est réservé aux femmes alors qu'il est réservé aux ongles, qu'on ne pénètre analement que les femmes ou les hommes homosexuels alors que les hommes hétéros disposent eux aussi d'un anus et d'une prostate (je vous jure que c'est vrai, vérifiez).

Les exemples de ce type sont nombreux. **Il est impératif de déconstruire les clichés pour que l'esprit puisse se frayer un chemin vers de nouveaux horizons.** Bien entendu, rééduquer son cerveau à adopter de nouveaux points de vue pour aborder les choses différemment peut prendre du temps, mais ce n'est pas impossible ; rien ne l'est.

En parler avec son ou sa conjoint·e, par exemple, c'est se donner la chance de tordre le cou aux idées reçues tout en renforçant la confiance mutuelle. C'est aussi l'occasion de **remettre en perspective le rapport de domination** qui peut exister entre l'homme et la femme dans les couples hétérosexuels, tout en surmontant les blocages.

Surmonter ses blocages

Les blocages psychologiques liés à la sexualité peuvent survenir avant, pendant et après un rapport ou une relation, mais aussi après une proposition (de s'essayer au *pegging*, par exemple). Même s'ils sont propres à chacun·e, la majorité d'entre eux tirent leur force de diverses peurs :

- peur du **jugement** ;
- peur de **ne pas y arriver** ;
- peur de **décevoir** ;
- peur de **ne pas être à la hauteur** ;
- peur de **se sentir anormal·e** ;
- peur d'être **rejeté· e ou abandonné·e** ;
- peur de **ne pas réussir à dépasser ses propres craintes**.

Nous sommes tellement habitué·es à vivre avec ces peurs que nous ne nous rendons pas toujours compte qu'elles peuvent être **un véritable frein à l'épanouissement psychologique et sexuel**.

Même s'il n'existe pas de recette miracle et instantanée pour vaincre un blocage, quelques pistes peuvent tout de même nous éclairer. La communication, l'information et l'éducation sexuelle sont les premières pistes de réflexion à explorer pour qui souhaite avancer sur ce sujet. Sur Instagram, par exemple, de nombreux comptes partagent tout un tas de ressources pour aborder la sexualité dans son ensemble et faire la peau aux idées reçues. On a tendance à l'oublier, mais **une information complète** permet souvent de mieux comprendre un sujet et, par conséquent, de le maîtriser un peu plus. S'il est maîtrisé (et donc contrôlé), on peut plus facilement déconstruire nos préjugés et surmonter nos craintes.

Les points essentiels à retenir

- LE POINT P (PROSTATE) PEUT ÊTRE SOURCE D'UN PLAISIR INCOMPARABLE LORSQU'IL EST STIMULÉ.
- SA STIMULATION SE FAIT PAR PÉNÉTRATION DE LA VOIE ANALE (DOIGTS, STIMULATEUR PROSTATIQUE, GODE CEINTURE...).
- APPRÉCIER CETTE PRATIQUE NE REMET PAS EN CAUSE L'ORIENTATION SEXUELLE OU LE GENRE DE LA PERSONNE PÉNÉTRÉE.
- ÉCHANGER SUR CETTE PRATIQUE PERMET DE BRISER LES CLICHÉS QUI Y SONT LIÉS ET DE RENFORCER LES LIENS DANS LE COUPLE, ET PARTICULIÈREMENT DANS LE COUPLE HÉTÉROSEXUEL, EN RÉÉQUILIBRANT LE RAPPORT DE DOMINATION ENTRE LES PARTENAIRES (PÉNÉTRÉ·E VS PÉNÉTRANT·E).

Les questions à se poser pour avancer sur ce sujet

- SUIS-JE ATTIRÉ·E PAR CETTE PRATIQUE ? SI OUI, EXISTE-T-IL DES BLOCAGES QUI M'EMPÊCHENT D'AVANCER SUR LE SUJET ?
- DE QUEL CADRE AI-JE BESOIN POUR ABORDER LE SUJET SEREINEMENT ?
- PAR QUELS BIAIS PUIS-JE ME LIBÉRER DE TOUS LES CLICHÉS LIÉS À LA PÉNÉTRATION MASCULINE ?

– J'ai bien réfléchi et je veux bien essayer.

Heureuse, Lola bondit.

– C'est vrai ? Tu en as vraiment envie ?

– J'ai un peu d'appréhension, forcément. Mais ouais, ça me tente.

– Tu es une personne incroyable, tu le sais, ça ?

– Pas plus incroyable que toi...

– En plus, ça tombe bien : je me suis renseignée sur le fameux point P. À ce qu'il paraît, c'est oufissime ! Et devine quoi... ?

Lola se retourne et saisit une boîte recouverte d'un papier cadeau.

– Surprise ! annonce-t-elle, impatiente.

– Qu'est-ce que c'est ?

– Ouvre, tu verras !

Matias l'embrasse.

– Merci, mon cœur.

– Tu me remercieras si ça te plaît.

Le jeune homme déchire précautionneusement l'emballage qui cache un coffret noir. Sur la boîte, on peut lire une inscription en lettres d'argent :

PROSTATOR 200

Silence Édition

Stimulateur de prostate

– Non mais « PROSTATOR », sans déconner ! Toujours plus ! s'exclame Matias, amusé.

– Bon, O.K. J'avoue que le service marketing a légèrement abusé. Mais je t'ai pris le *Silence Édition !* Les vibrations en plus, le bruit en moins. Je te jure, j'ai épluché tout le web. J'ai dû passer trois heures à lire tous les avis en ligne, et crois-moi, bébé, tu vas kiffer !

– Rholala... Je n'ai aucune idée de ce que ça va donner.

– Fais-moi confiance. Regarde, c'est pas très gros, c'est pour les débutants. Il y a même un échantillon de lubrifiant avec. J'ai tellement hâte qu'on l'essaie !

Matias s'esclaffe, ravi de l'enthousiasme communicatif de sa chérie.

– Ce soir, promis.

* * *

À la nuit tombée, les amoureux se glissent dans le lit déjà défait. Après s'être retrouvés dans une étreinte sensuelle, Lola dépose un baiser au creux des reins de Matias. Du bout des ongles, elle parcourt son dos, creusant de légers sillons sur sa peau. Matias est parcouru d'un frisson irrépressible, alors la jeune femme continue. Elle éveille les sens de son homme un à un, puis lui demande de se mettre sur le dos, dévorant des yeux l'érection qui se dessine sur son ventre. Comme il l'avait fait pour elle quelques jours auparavant, Lola sort le lubrifiant.

– Je peux y aller ? demande-t-elle.

Les yeux mi-clos, le jeune homme hoche la tête, puis prend un oreiller pour surélever son bassin. Du bout du doigt, Lola caresse l'anus de Matias. D'abord stressé, le jeune homme ne tarde pas à se détendre. S'ensuit une séance de préparation durant laquelle le garçon apprivoise ces nouvelles sensations.

Après de longues minutes savoureuses, ponctuées de gémissements enthousiastes, Matias se sent enfin prêt. Sa petite amie, ravie de le voir déjà prendre du plaisir et de pouvoir passer à l'étape suivante, prend le stimulateur en main et l'insère délicatement en lui. Avec facilité, le jouet vient directement stimuler la prostate. Matias soupire bruyamment.

– Comment tu te sens ?

– Bien, chuchote-t-il.

– Je vais l'allumer. Il y a trois modes de vibrations différents. Je vais commencer par le plus faible.

Lola active le jouet qui secoue lentement la prostate du jeune homme. À en juger par ses gémissements étouffés, il semblerait que ça lui fasse du bien.

Elle poursuit :

– Vitesse 2.

Matias se contracte de plaisir. Ses jambes commencent à trembler.

Lorsque la jeune femme enclenche le dernier mode, elle entreprend quelques mouvements de va-et-vient avec le jouet. Surpris, son amant est envahi par une vague de plaisir sans précédent. Il saisit alors sa queue qu'il commence à masturber avec dextérité.

– Ne t'arrête pas, réclame-t-il.

– Je ne m'arrête pas... laisse-toi aller. Laisse ton jus couler pour moi. Je veux que tu en mettes partout.

À ces mots, Matias, qui branlait déjà sauvagement sa verge, accélère son mouvement. Lola le pénètre avec la même vigueur, se calant sur son rythme.

– Putain, ça vient ! crie-t-il. Ça vient ! Ça vient ! Ça vient !

Le visage crispé par l'orgasme, le jeune homme explose. Par vagues ascendantes, le plaisir brûle chaque partie de son corps. Son sperme jaillit sans discontinuer et macule les draps. Quelques secondes plus tard, ses râles de soulagement envahissent la pièce lorsqu'il s'étale sur le lit de tout son long.

Le bras engourdi mais le regard pétillant, Lola s'approche de lui et l'embrasse.

– Je...

– Chuuuut. Prends le temps de kiffer ton orgasme, dit-elle.

– Bébé, je le kiffe déjà... C'était si intense...

– C'est vrai ? Ça t'a plu ? Explique-moi ce que tu as ressenti.

9

Débriefer pour mieux *kiffer*

(et apprendre de l'autre)

Après un rapport, il peut arriver que l'on partage un compliment avec la personne auprès de laquelle nous venons de vivre un magnifique moment. « C'était super ! » diront certain·es, ou encore : « Merci pour ce moment. »

Ces quelques mots viennent bien souvent clore l'acte. Pourtant, prendre le temps d'échanger plus longuement sur ce qui nous a plus ou moins plu peut permettre, sur le plus long terme, d'intensifier le plaisir ressenti à deux et d'atteindre une forme de symbiose émotionnelle et sexuelle.

Débriefer avec bienveillance

Pour un débriefing de qualité, rien de mieux que **l'écoute active et bienveillante**.

Derrière ces termes qui peuvent paraître pompeux et galvaudés se trouvent les clés d'une communication très saine, applicable à toutes les formes de relations sociales. Cette communication est d'autant plus importante dès lors que l'on touche à la sphère intime, dans laquelle elle permet de fonder des bases solides et de (re)définir les contours de la relation.

L'on pourrait définir l'écoute active comme étant un ensemble de techniques permettant d'écouter son ou ses interlocuteur·rices **de façon attentive et structurée**.

Pour ce faire, rien de mieux tout d'abord que de créer une bulle autour de vous en faisant en sorte **ne pas être dérangé·es**. Mettez vos téléphones en mode avion, éteignez la télévision et coupez toutes les sources de distraction possibles. Ainsi, vous serez plus à même de vous concentrer sur ce qui va être dit.

En second lieu, laissez le temps à chacun·e de s'exprimer, **sans couper la parole, même si vous avez des choses à dire**. Votre temps de parole viendra, et vous aurez tout le loisir de rebondir sur les choses que vous avez entendues, en posant des questions ou en demandant des précisions sur certains propos.

Enfin, n'hésitez pas à **faire preuve d'empathie et d'honnêteté**, quels que soient les sujets abordés. Vous échangez pour apprendre à mieux connaître votre ou vos partenaires, pour partager une part de vous-même, un besoin, une envie, ou pour trouver une solution à un problème. Si honnêteté et empathie ne sont pas au rendez-vous, la conversation ne servira qu'à alimenter vos craintes et jeter de l'huile sur le feu.

Maintenant que l'écoute active n'a (presque) plus de secrets pour vous, revenons à notre débriefing.

- Quelles sont les choses qui vous ont particulièrement plu lors de votre dernier rapport ?
- À l'inverse, y a-t-il des choses qui vous ont déplu ?

Formuler ses ressentis permet de **clarifier ses positions et d'éclairer l'autre quant à ses préférences et envies en matière de sexualité**. On pourrait croire que la ou les personnes qui partagent notre vie ou notre lit nous connaissent assez pour pouvoir en déduire nos préférences, et c'est peut-être en partie vrai. Seulement, comment s'assurer de la véracité de cette information ? Grâce... au... débriefing (j'étais certain que vous auriez la réponse) mais, surtout, grâce au débriefing régulier.

L'évolution de la vie sexuelle

La vie n'est pas statique. Nous évoluons en permanence, dans tous les domaines, et il n'est pas rare de voir nos envies ou préférences évoluer avec nous. Aussi, parler (et donc débriefer) nous permet de nous assurer de l'équilibre de la sexualité au sein de la relation. Lorsque nous sommes happé·es par le quotidien, nous pouvons avoir tendance à être moins à l'écoute, à voir certains détails nous échapper, et c'est tout à fait normal ; nous ne sommes pas des machines. Pour ces raisons, préserver des moments d'échanges permet la plupart du temps d'éviter de vivre un décalage concernant les envies de chacun·e.

Si la communication aide grandement à s'épanouir dans sa vie sexuelle, l'une de ses nombreuses vertus est aussi de favoriser le lâcher-prise. Lorsque l'on se sent pleinement écouté·e et compris·e dans ses envies, dans ses attentes, ses fantasmes, il devient nettement plus simple de s'abandonner aux différents plaisirs que la sexualité nous offre. Si ces plaisirs sont accompagnés et partagés, la vie sexuelle se transforme alors en feu d'artifice et s'ouvre en un espace d'expression encore plus grand pour celles·eux qui la vivent.

À travers la mise en place de moments de discussion privilégiés avant, pendant et après les rapports, la sexualité peut se renouveler et prendre un nouveau tournant, généralement plus positif que le précédent. En partageant ce qui nous anime, **on s'émancipe de soi-même, pour tendre vers des relations plus saines et respectueuses de la réalité de chacun·e**.

Les points essentiels à retenir

- L'ÉCOUTE ACTIVE ET LA BIENVEILLANCE SONT LES PRINCIPALES COMPOSANTES D'UN DÉBRIEFING DE QUALITÉ.
- L'ÉCOUTE ACTIVE FAVORISE LES ÉCHANGES CLAIRS ET SAINS DANS LE COUPLE ET DANS TOUTES LES RELATIONS.
- DÉBRIEFER PERMET DE S'ASSURER DU BON ÉQUILIBRE SENTIMENTAL ET SEXUEL ENTRE LES PARTENAIRES, D'APPRENDRE DE SES PROPRES ENVIES ET DE CELLES DE L'AUTRE.
- COMME DANS BON NOMBRE DE DOMAINES, LA SEXUALITÉ ÉVOLUE AVEC LE TEMPS. CONSIDÉRER CET ASPECT DE LA VIE À TRAVERS LA COMMUNICATION AIDE À VIVRE CETTE ÉVOLUTION DE FAÇON PLUS ÉPANOUIE ET FAVORISE LE LÂCHER-PRISE.

Les questions à se poser pour avancer sur ce sujet

- QUELLE EST LA MEILLEURE MANIÈRE DE METTRE L'ÉCOUTE ACTIVE AU CENTRE DE NOTRE COMMUNICATION DE COUPLE ?
- AVONS-NOUS TENDANCE À COMMUNIQUER ET DÉBRIEFER AVANT, PENDANT ET APRÈS UN RAPPORT ? SINON, POUR QUELLES RAISONS ?
- DÉBRIEFER PLUS SOUVENT NOUS PERMETTRAIT-IL DE RETROUVER UN MEILLEUR ÉQUILIBRE AU NIVEAU DE NOTRE VIE SEXUELLE ? SI OUI, POUR QUELLES RAISONS ?

– C'est... indescriptible, affirme Matias le regard embrumé.

Lola sourit et glisse une main dans les cheveux humides de son amant. Elle le relance :

– Je veux dire, par rapport à un orgasme classique, c'est si différent ?

– Ouais. Non. Enfin, je ne sais pas trop. C'est difficile à expliquer. Le plaisir est plus... profond. Ouais, c'est ça. Plus profond. Tu te souviens, il y a quelques semaines lorsque tu m'expliquais que l'orgasme féminin semblait être plus long et donc plus fort que chez les hommes ?

– Oui ?

– Voilà. C'est comme si j'avais pu ressentir ce que tu ressens lorsque tu l'atteins.

– Mais c'est génial ! s'exclame Lola. Et au contraire, est-ce qu'il y a des choses que tu as moins aimées ?

Le garçon réfléchit quelques instants avant de répondre :

– Franchement, tu as été si douce et si patiente. Je pense que ça n'aurait pas pu mieux se passer. La sensation au début était un peu étrange puis, quand j'ai commencé à me détendre et que tu as stimulé ma prostate, c'est comme si je jouissais sans jouir.

La jeune femme plisse les yeux et hausse un sourcil.

– C'est comme si tu jouissais sans jouir... Traduction ?

Matias se met à rire et tente d'expliquer de diverses façons ce qu'il a ressenti, en vain. Après une petite douche (et un changement de draps), le couple se glisse finalement sous la couette. En cuillères et blottis l'un contre l'autre, ils en profitent pour recharger leurs batteries.

– Et toi, alors ? Qu'en as-tu pensé ?

– Hmmm... J'ai adoré !

– Vraiment ?

– Non mais, bébé, tu n'imagines pas le cadeau que tu m'as fait ! C'était un fantasme pour moi !

– Tout comme c'était un fantasme pour moi de m'occuper de ton joli derrière...

– Mais beaucoup d'hommes ne sont pas aussi ouverts d'esprit que toi, tu sais ? répond-elle.

– Je pourrais te retourner le compliment. D'ailleurs, je te le retourne. Ce n'est pas parce que tu es une femme que *tout ça* m'est naturellement dû, tu vois ce que je veux dire ?

Ils s'embrassent avec fougue et se goûtent durant de longues minutes avant de reprendre la conversation.

– Tu ne trouves pas qu'on se lâche de plus en plus, tous les deux ? remarque Lola.

– Au lit, tu veux dire ?

– Oui.

– J'avoue.

– Ça ne te donne pas envie d'essayer de nouveaux trucs ?

Matias observe les yeux de Lola et rit à voix basse. Il dit :

– Je connais ce regard...

– Quel regard ?

– Tu l'as toujours lorsque tu as une idée bien précise en tête. Quand tu me demandes si je n'ai pas envie d'essayer de nouveaux trucs, je sais que tu penses déjà à quelque chose d'olé olé.

– Pardon ?

– Bah oui, quand tu me demandes si...

– Olé olé ? T'as dit *olé olé* ?

Matias éclate de rire en se serrant l'abdomen.

– Oui et alors ? Quelque chose de léger si tu préfères. De... coquinou.

– Quelque chose de coquinou ? Sérieusement ? C'est de pire en pire. Tu sais quoi ? J'ai plus envie de rien. Trois mots et le mec tue ma libido.

9

En deux secondes, il a littéralement défoncé mon fantasme. Assassin !

Les amoureux rient aux éclats. Puis, pour montrer son agacement, Lola se redresse, saisit un oreiller et l'envoie dans le visage de Matias.

– Ah ouais ? Tu veux jouer à ça ? demande le jeune homme qui se met debout sur le lit pour en découdre. Tu vas voir !

À son tour, il saisit un coussin avec lequel il n'hésite pas à fouetter sa partenaire.

– Hmmm... c'est exactement ce que j'avais en tête avant que tu ouvres la bouche, dit-elle l'air rebelle.

– Ce serait quand même plus sexy avec une cravache, surenchérit le garçon en donnant un nouveau coup.

– Tu marques un point ! Par contre, ne compte pas sur moi pour te laisser gagner cette bataille.

Le traversin sous le bras en guise de lance, Lola prend de l'élan et repart à la charge. Matias l'intercepte et tente de lui faire perdre l'équilibre. Malheureusement pour lui, dans une prise de judo millimétrée, la jeune femme le fait tomber sur le matelas et lui saute dessus. Il hurle :

– Lola ! Tu m'as explosé les couilles !

– Oh... Mon pauvre petit coquinou... dit Lola, mimant une fausse tristesse.

– Je suis sérieux. Tu m'as fait hyper mal ! crie-t-il en se tenant l'entrejambe.

– Que dirais-tu d'un baiser sensuel pour te soigner ? Ou plutôt devrais-je dire : un baiser OLÉ OLÉ !

Entre rire et souffrance, Matias se tord dans tous les sens. Non sans humour, Lola pense à voix haute :

– Moi qui pensais qu'un peu de douleur pouvait apporter un tant soit peu de plaisir...

– Parle pour toi, répond le jeune homme du tac au tac.

– Ça te plairait ?

– De ?

– Me dominer.

– Te dominer ?

– Que tu sois l'unique Maître de mon plaisir pendant des heures et qu'en retour je réponde à la moindre de tes envies... Que je sois sous l'emprise consentie de tes gestes et de tes mots...

Le garçon réfléchit et affiche à son tour un regard qui en dit long. La jeune femme se met alors à quatre pattes, dévoile sa voluptueuse cambrure puis, les yeux remplis de défi, invite Matias à la fesser. Il s'exécute. Le cul rougit, Lola tourne la tête et réclame :

– Plus fort...

L'amant recommence une deuxième, puis une troisième fois.

– Encore...

Une quatrième.

– Encore...

Une cinquième.

Alors que la main incandescente de Matias s'imprime sur la peau de la jeune femme, il chuchote :

– Le voilà donc, le nouveau truc...

10

B
D
S
M

(le respect, ça claque !)

Le sigle BDSM est la contraction de **bondage, discipline** (BD), **domination, soumission** (DS) et **sadomasochisme** (SM). Il s'agit d'une pratique large dans laquelle viennent s'inscrire d'autres pratiques selon les goûts et les rôles de chacun·e.

Les différentes pratiques du BDSM

Il existe une quantité phénoménale de pratiques qui peuvent s'inscrire dans un contexte BDSM. Parmi les plus connues : le bondage et l'utilisation de menottes, cordes, bâillons, colliers ; les jeux de discipline et les châtiments corporels ; les jeux de bougie ; la privation sensorielle... et j'en passe.

D'autres, considérées souvent comme moins conventionnelles, s'inscrivent également dans ce registre : asphyxie, humiliation, chasteté, urophilie, *facesitting*, fétichisme et jeux de rôles divers... (liste non exhaustive).

Comment pratiquer le BDSM ?

Il n'existe pas de chemin tout tracé pour pratiquer le BDSM, si ce n'est l'envie et le consentement mutuel que l'on partage avec sa ou son partenaire. En revanche, il est possible de faire un premier pas dans le domaine en s'initiant à des pratiques répandues qui pimenteront vos ébats et pourront vous renseigner quant à votre envie d'aller plus loin (ou pas). Parmi elles, l'utilisation de menottes et de bandeaux, de lingerie sexy ou de costumes, la fessée, les morsures ou les jeux de rôles. Si, par la suite, vous souhaitez explorer davantage, vous pourrez progressivement ajouter de nouveaux accessoires (fouet, cravache, corde...), mais pensez avant tout à tester chaque nouvelle chose **progressivement**.

Notons aussi que **le respect, la confiance et la bienveillance** sont, contrairement à la croyance populaire, des notions très présentes dans ce domaine. Pratiquer le BDSM avec une personne qui respecte tout ceci est un gage de sécurité.

Les 3 grands rôles dans le BDSM

Lorsque l'on pratique le BDSM, on prend, en général, un rôle précis : dominant·e, soumis·e ou *switch*. Ce rôle est déterminé **en fonction des affinités de chacun·e** et peut, plus rarement, changer avec le temps.

Le rôle de dominant·e

Le ou la dominant·e a pour règle absolue de respecter son ou sa soumis·e et d'être garant·e de sa sécurité comme de son plaisir. Lorsque l'on parle de domination, on fait référence aux **dominations d'ordres physique, psychologique et sexuel**. Libre à chacun·e d'y intégrer les jeux qui conviendront pour chaque séance.

Le ou la dominant·e peut, dans certains cas, rédiger un contrat qui définira les contours de la relation à long terme. En effet, là où certaines personnes pratiquent le BDSM ponctuellement, d'autres le choisissent comme mode de vie.

Le rôle de soumis·e

Comme son nom l'indique, le ou la soumis·e laisse à son ou sa dominant·e le pouvoir d'action et de décision. Iel s'en remet entièrement à lui ou elle durant les séances, voire au quotidien, selon les règles fixées préalablement.

Généralement, le ou la soumis·e s'abandonne complètement à son ou sa maître·sse. Si les jeux de douleur sont de la partie, un mot ou une phrase de sécurité est choisi en amont, de manière à indiquer la limite à ne pas franchir.

Le rôle de *switch*

« *Switch* » est le terme utilisé pour désigner les personnes ayant un attrait pour la domination comme pour la soumission. En d'autres termes, elles peuvent tenir l'un ou l'autre de ces rôles selon l'envie du moment, en respectant les prérequis précédemment exposés.

L'importance de l'aftercare

L'*aftercare* est un moment essentiel de la séance de BDSM. Lorsque cette dernière arrive à son terme, le ou la dominant·e prend soin de son ou sa soumis·e en le·a **mettant en sécurité et en se rendant pleinement disponible** physiquement, psychologiquement et émotionnellement. En effet, lors de séances intégrant des jeux de douleurs, certaine·s soumis·es peuvent se retrouver dans le *subspace*. Il s'agit d'un état second, d'une transe dans laquelle le corps plonge lorsqu'il est soumis à une douleur intense. Le cerveau libère alors un cocktail d'antidouleurs tels que les endorphines ou les enképhalines pour venir contrer cet état. C'est une fois que la redescente s'opère que l'*aftercare* doit prendre toute sa place.

Le ou la dominant·e se doit d'être présent·e par tous les moyens et toutes les attentions possibles.

À titre personnel, je considère que l'*aftercare* est une pratique qui peut s'inscrire dans toutes les sexualités, que l'on pratique le BDSM ou non. Il s'agit pour moi d'une présence accrue pour sa ou son partenaire, que ce soit par le biais de gestes, de mots ou d'attentions.

Bienveillance et BDSM ne sont pas incompatibles (au contraire)

Les ressources sur le BDSM ne manquent pas, pour peu qu'on sache où chercher. Vous pouvez facilement vous renseigner sur les différentes pratiques qui le composent. Gardez tout de même à l'esprit qu'une personne qui n'est pas bienveillante dans sa vie ne peut pas pratiquer le BDSM de façon bienveillante au lit (ou ailleurs). Dit comme ça, cela paraît logique, mais il en va de l'intégrité physique et psychologique de chacun·e.

Quel que soit votre rôle, rester à l'écoute et respectueux·se, tant dans votre démarche que dans vos pratiques, **assurera vos épanouissements respectifs sur le long terme**. Pratiquez en connaissance de cause et avec des partenaires de confiance, et le plaisir sera au rendez-vous.

En introduction de cette partie, je vous parlais des paradoxes qui peuvent exister quand on met en parallèle certaines pratiques BDSM et certaines notions comme celle de bienveillance. En effet, difficile par exemple de comprendre comment on peut administrer une fessée susceptible d'engendrer une douleur tout en étant bienveillant·e. La réponse est à puiser dans la sexualité bienveillante au sens large.

Pour moi, la sexualité bienveillante est une façon d'aborder les rapports en **se délestant de toute forme de toxicité vis-à-vis de l'autre, mais aussi de soi-même** ; l'objectif étant de vivre ses relations sexuelles de manière positive et équilibrée. Pour être bienveillant·e dans sa sexualité et, a fortiori, dans un cadre BDSM, il ne s'agit pas simplement d'écouter pour comprendre son ou sa partenaire.

Comme nous l'avons vu précédemment, *écouter* activement nous permet de recevoir un message clair tandis qu'*entendre* nous permet d'intégrer et de prendre toute la mesure de ce qui vient de nous être dit. Entendre, c'est faire le choix de **prendre en considération ce que l'autre ressent**. De la même manière, il est important de savoir s'écouter et s'entendre soi-même, de **respecter ses propres envies et ses besoins profonds** sous peine de s'oublier peu à peu.

L'équilibre réside dans ce savant mélange, où chacun·e dispose du même espace d'écoute et d'expression. Sans cet espace de confiance, il devient considérablement plus difficile de pratiquer le BDSM en toute sécurité.

Les points essentiels à retenir

- LE BDSM EST UNE DISCIPLINE LARGE QUI REGROUPE DE NOMBREUSES PRATIQUES LIÉES AU BONDAGE, À LA DISCIPLINE, À LA DOMINATION, À LA SOUMISSION ET AU SADOMASOCHISME.
- TROIS GRANDS RÔLES SONT ASSOCIÉS AU BDSM : DOMINANT·E, SOUMIS·E ET *SWITCH*.
- CONTRAIREMENT AUX IDÉES REÇUES, LE BDSM DOIT SE PRATIQUER AVEC ÉCOUTE, RESPECT, CONFIANCE ET BIENVEILLANCE.
- L'*AFTERCARE* EST UN MOMENT ESSENTIEL QUI INTERVIENT À LA FIN D'UNE SÉANCE POUR S'ASSURER DE LA SÉCURITÉ PHYSIQUE, PSYCHOLOGIQUE ET ÉMOTIONNELLE D'UNE PERSONNE SOUMISE.

Les questions à se poser pour avancer sur ce sujet

- AI-JE DÉJÀ SONGÉ À M'ESSAYER AU BDSM ? SI OUI, QUELLES SONT LES PRATIQUES QUI M'ATTIRENT ?
- PARMI LES TROIS GRANDS RÔLES, QUEL EST CELUI QUI ME CORRESPOND LE PLUS, ET POUR QUELLES RAISONS ?
- DE QUELS ÉLÉMENTS AI-JE BESOIN POUR ME SENTIR PLEINEMENT ÉCOUTÉ·E, RESPECTÉ·E ET ACCOMPAGNÉ·E DANS LE BDSM ?
- AI-JE UNE IDÉE DES PRATIQUES QUE JE SOUHAITERAIS EXPÉRIMENTER ? (LISTEZ-LES POUR AVOIR UNE VISION PLUS GLOBALE DE VOS ATTENTES.)

10

Matias regarde son alliance et ne réalise toujours pas qu'il est marié à la femme la plus exceptionnelle qui soit depuis maintenant deux ans. À l'aube de ses trente ans, il passe en revue tous les souvenirs de sa vie avec Lola. Bien sûr, il y a eu des hauts et des bas, mais le couple a fait face à toutes les tempêtes et en est ressorti plus fort.

Aujourd'hui, les amoureux ont décidé de prendre du temps pour eux et de continuer d'explorer leur sexualité. Ils en ont fait, du chemin. Ils se sont rapprochés, ils se sont éloignés et se sont encore mieux retrouvés.

– La sortie se fait avant 11 heures, annonce la réceptionniste de l'hôtel en tendant la carte de leur chambre.

Le couple échange un regard. Lola prend la parole :

– Serait-il possible de la repousser à midi ?

– Je vais voir ce que je peux faire.

L'hôtesse jette un œil à son ordinateur et fait défiler le planning des réservations.

– C'est bon pour midi. Je vous souhaite une excellente soirée, conclut-elle d'un sourire aimable.

Tandis qu'ils appellent l'ascenseur chargé de les emmener au dernier étage de l'établissement, Lola tressaute.

– Tu es prêt ?

– Oh que oui...

* * *

La Black Room est une chambre d'hôtel un peu particulière. Exclusivement réservée aux couples, elle a la caractéristique d'être équipée de tout le nécessaire BDSM. Chaque objet mis à disposition est à usage unique, et les règles d'hygiène y sont très strictes.

Lorsqu'ils entrent dans leur suite, Matias et Lola sont subjugués par sa surface. La chambre, intégralement dallée de parement noir, porte bien son nom. Passé le corridor qui sert d'entrée, on arrive directement dans la pièce au centre de laquelle trône un lit *king size* recouvert de draps en vinyle imperméable. Le plafond comme les murs sont eux parés de miroirs massifs.

– Je sens qu'on va adorer se mater...

– Plutôt deux fois qu'une, enchérit Matias.

Tout autour, on aperçoit divers accessoires : balançoire, croix de Saint-André, menottes, martinet, cravache, *paddle*, chaînes, cordes, laisse, collier, bougies, plugs et sextoys en tout genre... Il y en a pour tous les goûts.

– Les jouets sont inclus dans le prix de la chambre ? questionne le jeune homme.

– Évidemment ! J'ai pris la plus grosse formule.

– Tu as dû payer ça une fortune ! Tu es sûre qu'on peut se le permettre ?

Lola se met à rire.

– Tu ne veux pas savoir...

* * *

Quelques heures plus tard, après avoir partagé des tapas et bu quelques coupes de champagne, les amoureux se déshabillent et s'apprêtent à savourer ce moment tant attendu. Le BDSM, ils connaissent. Ils le pratiquent régulièrement. Mais ce nouveau cadre et ces nouveaux sextoys ajoutent un soupçon d'inédit dans leur sexualité.

Matias se dirige vers Lola et, d'une main ferme, enserre son cou. Tandis que le regard de la jeune femme s'assombrit de désir, il la guide jusqu'à la croix. Après l'avoir menottée aux poignets, il écarte ses cuisses et menotte ses chevilles. Il s'empare d'un set de pinces à tétons et les attache sur lui pour les régler. Cette première étape achevée, il les retire et les place délicatement sur les mamelons de la jeune femme, qui gémit.

10

Une demi-heure durant, Matias fait monter la tension. Il parcourt le corps de Lola avec divers objets, joue avec les matières et les sensations. En tant que *switch,* Matias revet ce soir le costume de dominant. Il prend particulièrement soin de sa soumise, de son plaisir et de sa sécurité.

– Je t'en supplie, fais-moi du bien, lui demande-t-elle.

– Certainement pas.

Lola ouvre la bouche et fait mine d'être outrée.

– D'une, tu m'as tutoyé, et c'est intolérable. De deux, tu as oublié un mot essentiel, répond Matias d'un ton sec, jouant le dominateur strict.

– Pardon...

– Tu as encore oublié. Pardon, qui ?

– Pardon, Maître...

À l'aise dans son rôle, la jeune femme baisse le regard et tente :

– J'imagine que vous allez devoir me punir pour vous avoir manqué de respect... ?

– C'est moi qui dicte les règles, entendu ?

– Pardonnez-moi encore une fois, Maître.

– Mais tu as raison. Je ne peux pas laisser passer ça.

Matias se place devant son épouse. Après s'être saisi du *paddle*, il tapote légèrement l'entrejambe de la jeune femme et monte rapidement en intensité. Il change ensuite de côté. Une fois l'intérieur des cuisses rougi, l'amant prend la cravache et glisse lentement sur la vulve de Lola. Avec une remarquable dextérité, il tapote son clitoris. Celui-ci se gonfle d'envie ; les jambes de la jeune femme tremblent.

– Tu vas faire quelque chose pour moi, affirme Matias d'un ton autoritaire.

– Tout ce que vous voudrez, Maître.

– À partir de maintenant, je veux que tu lâches prise. Que tu ne retiennes aucune de tes envies, que tu n'étouffes aucun de tes cris. Je vais bien m'occuper de toi.

– Vous êtes si bon avec moi... Merci, Maître.

Matias glisse un doigt entre les jambes de Lola. Il la sent trempée d'envie. Alors, il prend avec lui une batterie de sextoys de différents diamètres et entame une séance de douce torture. Avec le premier, un vibromasseur dernier cri, il la stimule sans pénétration. Comme en témoignent ses gémissements, la jeune femme se délecte de ce plaisir douloureux. Elle tente de se débattre, mais elle est solidement attachée. Avec un plus gros jouet, il la pénètre profondément, puis chuchote :

– Tu t'ouvres bien...

La voix chevrotante, Lola répond :

– C'est grâce à vous, Maître...

Encouragé, l'amant s'applique à satisfaire sa soumise en variant le rythme de ses mouvements puis, après avoir resserré les pinces à tétons, passe aux choses sérieuses en utilisant un collier en cuir.

– Serrez plus fort, Maître. S'il vous plaît.

La jeune femme, prisonnière de ses mouvements et le souffle court, s'abandonne à son mari. Ce dernier utilise désormais un gode aux dimensions considérables et s'active en elle. Légèrement incurvé, le jouet stimule la zone G de Lola sans difficulté. Tandis qu'elle crie de plaisir, sa cyprine coule à l'intérieur de ses cuisses.

– C'est bien. C'est très bien. Mouille encore pour moi, demande Matias, avant de lécher le fluide qui ruisselle.

Le jeune homme repose le jouet et s'enduit la main de lubrifiant. Il insère d'abord deux doigts, que son épouse accueille avec une facilité déconcertante, un troisième, puis un quatrième. Sentant le plaisir monter, il serre le poing et l'insère en elle. Au bout de quelques secondes sans bouger, il débute des allers-retours, et ce, durant de longues minutes.

10

Toujours plus tremblante, Lola hurle, Lola s'abandonne comme jamais elle ne l'avait fait auparavant. Dans un ultime mouvement, Matias se retire et se délecte du *squirt* explosif de sa soumise. Le sol est inondé. Il continue. Par vagues successives, les orgasmes s'enchaînent. C'est seulement lorsque l'énergie quitte Lola que Matias prend la décision de mettre un terme à la séance.

Après qu'elle a recouvré ses esprits, l'homme la détache, la couvre de baisers et la serre dans ses bras. Il l'accompagne jusqu'au lit, la borde pour qu'elle ne prenne pas froid et la caresse avec amour.

– Comment te sens-tu ? questionne-t-il sans se décoller de sa femme.

– C'était... C'était incroyable...

– Pour moi aussi. Merci, mon amour. Merci pour ce magnifique cadeau.

– C'est moi qui te remercie, chéri. C'était si parfait. Tu aurais pu continuer pendant des heures.

– Tu serais tombée dans les pommes, répond-il en riant.

– J'avoue !

Lola soupire et reprend :

– J'ai envie de toi...

– Ça ne t'a pas suffi ? lance Matias, taquin.

– J'ai envie que tu me fasses l'amour. Qu'en dis-tu ?

Matias se place au-dessus de Lola et l'embrasse dans le cou avant de répondre :

– C'est comme si c'était fait...

11

Le *slow sex*, c'est slow good

(plus good que ce jeu de mots, promis !)

Le *slow sex*, que l'on peut littéralement traduire par « sexe lent » est une pratique qui prône **l'abandon de la performance** au profit du reste et donc, de l'essentiel. Par *essentiel*, j'entends tout plaisir qui peut résonner dans le corps bien plus qu'à l'accoutumée.

Concrètement, cette pratique se traduit par plusieurs actions :

- prendre son temps tant dans les gestes que dans le rapport dans sa globalité ;
- explorer le corps de l'autre, mais aussi explorer son propre corps ;
- se concentrer sur ce que l'on ressent au plus profond de soi ;
- être conscient·e du moment présent.

Abandonner la performance

Par culte de la performance dans l'intimité, je fais référence à une forme de toute-puissance sexuelle qui voudrait implicitement que l'on soit tous·tes des surhumain·es du cul. Envisagée comme telle, la performance à tout prix peut rapidement se transformer en **injonction contre soi-même**, en véritable fardeau.

En effet, certain·es tâcheront d'être à l'image de tel·le acteur·rice porno, d'autres se mettront la pression sur la durée de leur érection, leur capacité à lubrifier naturellement ou à atteindre l'orgasme ou non.

Qu'on se le dise, abandonner la performance, et notamment l'injonction à l'orgasme systématique, permet de se libérer d'un poids certain et de tendre vers des rapports plus sains, plus équilibrés.

(Re)découvrir son corps et renouer avec la sensualité

C'est une réalité générationnelle, nos rapports sexuels sont influencés par la pornographie et ses mises en scène. Le *slow sex*, lui, prend le contre-pied de cette influence en mettant **pleine conscience** et **sensualité** au cœur du plaisir.

Lorsque le rapport est lent et dénué de toute pression, il devient plus évident de savourer chaque instant, de lâcher prise et, ainsi, de se reconnecter à son propre corps. Cela permet de rapprivoiser chaque sensation et de penser à soi pour mieux penser à l'autre. Elle permet de resserrer les liens et, parfois, de se redécouvrir. La pratique permet de prendre conscience de l'acte en lui-même, du plaisir qu'il procure, et ce, au-delà même de l'orgasme *(voir partie 5, p. 73)*.

Pour être totalement immergé·e, prenez donc le temps de créer une ambiance qui vous correspond pleinement et qui favorise la détente et le lâcher-prise.

Se focaliser sur le parcours

Laissez ensuite venir vos envies et votre connexion mutuelle sans nécessairement chercher à l'anticiper. L'une des composantes les plus importantes du *slow sex* n'est **pas la finalité mais le parcours** qui va vous amener à (re)découvrir des sensations en pleine conscience. De cette manière, il deviendra plus simple pour chacun·e de vivre cette osmose si caractéristique et dénuée de toute contrainte mentale.

Cela peut aussi être l'occasion pour vous de varier les plaisirs. En effet, qui dit sexe lent dit autre rapport au temps. On peut alors plus aisément se concentrer sur des parties du corps que l'on n'a pas l'habitude d'explorer habituellement et développer de nouveaux contacts charnels. En ces différents points réside toute la beauté de cette pratique qui s'apparente alors à une forme de sexualité artistique tant elle sort des schémas traditionnels (ce qui, à mon sens, est une excellente chose).

En prenant le temps, on accepte également de vivre le rapport dans son intégralité et, surtout, sans attentes précises. Les conséquences sont nécessairement positives étant donné que, sans attente particulière, le risque de déception est bien moindre, voire inexistant si l'on adopte pleinement cette philosophie.

Enfin, gardons à l'esprit que le *slow sex* n'a pas vocation à se substituer aux autres formes de sexualité, quelles qu'elles soient. Il est simplement différent, complémentaire et permet d'insuffler une forme d'équilibre supplémentaire dans le couple.

Les points essentiels à retenir

- LE *SLOW SEX* EST UNE PRATIQUE DE PLEINE CONSCIENCE QUI PRÔNE L'ABANDON DE LA PERFORMANCE AU PROFIT D'UN PLAISIR PLUS LENT, PLUS PROFOND, PLUS SENSUEL ET PLUS ÉQUILIBRÉ.
- IL FAVORISE GRANDEMENT LA CONNEXION À SON PROPRE CORPS ET À CELUI DE L'AUTRE.
- CETTE PRATIQUE PERMET DE (RE)DÉCOUVRIR DES SENSATIONS PROFONDES AUXQUELLES NOUS N'AVONS PAS TOUJOURS ACCÈS À TRAVERS D'AUTRES FORMES DE SEXUALITÉ.
- À TRAVERS ELLE, IL DEVIENT NETTEMENT PLUS FACILE DE S'EXTIRPER DE NOS ATTENTES EN MATIÈRE DE SEXUALITÉ. CELA PERMET DE RÉÉQUILIBRER NOTRE RAPPORT AU TEMPS ET À LA PERFORMANCE.

Les questions à se poser pour avancer sur ce sujet

- EN QUOI PRATIQUER LE *SLOW SEX* POURRAIT-IL ÊTRE BÉNÉFIQUE DANS MA VIE SEXUELLE ?
- DE QUELLES MANIÈRES AI-JE ENVIE OU BESOIN DE (RE)DÉCOUVRIR MON CORPS ? ET CELUI DE MA OU MON PARTENAIRE ?
- QUELLES SONT LES ZONES DE MON CORPS QUE JE SOUHAITE EXPLORER EN PROFONDEUR ?
- QUELS SONT LES DIKTATS DE LA PERFORMANCE SUR LESQUELS J'AI TENDANCE À ME FOCALISER ET QUE JE POURRAIS METTRE DE CÔTÉ ?

11

Les amoureux s'embrassent. Avec fougue, ils se goûtent et laissent leurs corps s'exprimer comme à l'accoutumée. Dans une danse charnelle, ils se heurtent avec passion, faisant ainsi naître un désir indéfinissable.

– Attends, attends s'il te plaît, demande Lola en se redressant brutalement sur le lit.

– Ça va, chérie ? questionne Matias, soucieux d'avoir été maladroit.

– Oui, oui, tout va bien. Je me demandais simplement quelque chose.

– Qu'est-ce qu'il se passe ?

– T'as pas envie de prendre le temps, parfois ?

– C'est-à-dire ?

– On se saute dessus, c'est toujours passionné, et j'adore ça, hein. Mais je me dis que de temps en temps, ça me plairait de faire ça plus...

Lola cherche le bon mot.

– Plus lentement ? tente Matias.

– Ouais, c'est ça ! Plus lentement. Après, il faut que tu en aies envie aussi.

– Chérie, regarde-moi.

Le jeune homme pose les mains sur le visage de son épouse.

– Je t'aime. Avec toi, j'ai toujours envie et j'aurai toujours envie de tout. N'en doute pas. Jamais.

Après avoir déposé un baiser sur son front, Matias invite Lola à s'allonger. Au creux de l'oreille, il lui chuchote :

– Ferme les yeux. Concentre-toi sur ce que tu ressens, concentre-toi sur ton plaisir. On a toute la nuit devant nous...

La jeune femme esquisse un sourire. Son mari la parcourt avec délicatesse, d'abord du bout des lèvres, puis du bout des doigts. Dans le plus simple appareil et secouée par d'agréables frissons, Lola tente de rapprivoiser pleinement ces sensations qu'elle avait délaissées. Elle redécouvre la sensibilité de certaines parties de son corps et se laisse envahir par le plaisir que lui procurent les gestes de son homme.

– Ne bouge pas, lui demande Matias. Je reviens.

De retour quelques instants plus tard, l'homme remonte sur le lit. Lola entend le craquement d'une allumette et perçoit derrière ses yeux clos la lueur orangée d'une bougie. Après s'être retournée sur le ventre à la demande de son amant, elle sent couler le long de son dos une cire chaude. De ses mains douces et fermes à la fois, Matias entreprend un massage sensuel afin d'accompagner la femme de sa vie vers un lâcher-prise encore plus grand. Lorsque la respiration de Lola devient plus lente et plus profonde, il embrasse le creux de son épaule et remonte le long de son cou avant de le mordre subtilement.

– Hmmm... Tu sais que j'adore ça... Tu me connais si bien...

– Chuuuut... prends le temps de savourer.

Après de longues minutes passées à se connecter l'un à l'autre, à se retrouver et à se redécouvrir, Lola demande à son mari s'il a envie de la pénétrer. Il répond par l'affirmative. Alors que la jeune femme s'apprête à changer de position, Matias l'interrompt :

– Non, reste comme ça. J'ai envie d'être contre toi.

Elle approuve.

Lentement, il glisse sur ses bras. Elle saisit sa queue déjà raide pour la faire entrer en elle. Lola ressent tout : le souffle chaud de son mari au bas de sa nuque, la barbe de son menton qui l'effleure, le gland qui s'insère avec délicatesse, puis chaque centimètre de sa verge. En silence, les deux corps en osmose ne forment plus qu'un, et seuls leurs souffles saccadés en disent long sur le plaisir qu'ils prennent. Dans ce ballet sexuel, les amoureux s'abandonnent l'un à l'autre comme jamais auparavant. Ce moment est d'une beauté incomparable et c'est avec la plus grande simplicité qu'ils atteignent l'orgasme ensemble, dans un cri silencieux.

– Merci pour ça... murmure Lola.

– Merci à toi, mon cœur. C'était incroyable.

Matias tire un mouchoir de la boîte posée sur la table de chevet et essuie le sperme qui coule entre les cuisses de Lola.

– Je peux le faire moi-même, chéri, tu sais ?

– Je te souille, je me débrouille, répond-il en riant aux éclats.

Ils s'embrassent.

– Ça t'a vraiment plu, bébé ? Je n'ai pas été très active...

– Vraiment. Le simple fait de te sentir contre moi suffisait à mon plaisir.

– La prochaine fois, c'est moi qui prendrai les choses en main. Je veux t'offrir ça. Je veux que tu puisses toi aussi prendre le temps de te vider la tête, de lâcher prise autrement que par la performance.

– Je peux te confier quelque chose ?

– Oui, dis-moi.

– J'ai l'impression de m'être débarrassé d'un poids grâce à toi.

– Comment ça ?

– C'est con, je sais, mais le fait de ne pas être dans la performance, comme tu dis, ça m'a enlevé tellement de pression !

Lola regarde tendrement Matias et l'embrasse.

– C'est tout sauf con, mon amour. On devrait faire ça plus souvent. C'est important, je pense. Et puis, ça te permettra de voir que tu n'es pas obligé de te mettre en mode marathon pour être un bon coup.

– Tu penses vraiment que je suis un bon coup ?

– Le meilleur.

– Carrément ?

– Le meilleur, je te dis.

– En même temps, c'est pas comme si t'avais eu mille points de comparaison.

– Mille, non, c'est sûr. Mais un certain nombre quand même pour me permettre d'affirmer que tu es le meilleur amant qui soit.

Depuis toujours, le jeune homme met un point d'honneur à être bienveillant, à l'écoute et respectueux dans sa vie sexuelle. Aussi, les mots de son épouse le touchent particulièrement. Il lance alors :

– Je peux te poser une question ?

– Bien sûr.

– Même si tu penses que je suis le meilleur amant qui soit, et je l'ai bien entendu, ça t'arrive d'être attirée par d'autres mecs que moi ?

– Euh... Non. Non, pourquoi ?

– Allez, Lola. Même pas un petit peu ? Tu peux me le dire, je ne le prendrai pas mal.

– Non, vraiment. Ça ne m'est jamais arrivé.

La sentant quelque peu distante, Matias insiste du regard, un sourire en coin.

– O.K., peut-être. Après, tout dépend de ce qu'on entend par « attirée ».

– Ah ! Je savais que j'avais raison ! dit-il en riant. Et ça ne te dirait pas de coucher avec un autre que moi ?

– Mais, chéri, c'est toi que j'aime !

– Je ne te parle pas de sentiments, je te parle de coucher avec quelqu'un d'autre.

– T'es sérieux ?

– Bah, je ne sais pas. Ça se réfléchit et ça se discute. À voir si l'idée te plaît.

– Je crois que la seule chose qui pourrait me pousser à tenter l'expérience, et encore, je n'en suis pas sûre, serait que tu couches avec une autre personne aussi. Je culpabiliserais trop sinon. Qu'est-ce que t'en dis ?

Matias écarquille les yeux.

– Tu me surprendras toujours.

– Et encore, il y a des choses que tu ne sais pas...

– Comment ça ?

– On réfléchit chacun de notre côté et on en rediscute dans quelque temps. Et si c'est d'actualité, je te livrerai tous mes secrets...

12

Le couple *libre*

(en route vers l'inconnu·e)

Le couple libre ou non exclusif (aussi appelé relation libre) désigne un cadre dans lequel chaque partenaire se laisse la possibilité, d'un commun accord, d'avoir des relations sexuelles avec d'autres personnes que son ou sa conjoint·e. Il est à dissocier du polyamour, bien que les deux puissent coexister dans une relation, et à différencier de l'adultère et de la polygamie.

Considérée tant comme un mode de vie qu'une philosophie, la relation libre est essentiellement basée sur la communication et la confiance mutuelle. Ici, l'idée est de lâcher du lest sur la liberté que chacun·e a de disposer de son propre corps et, dans un sens, de sa propre sexualité.

Envisager d'**ouvrir son couple ne se fait pas du jour au lendemain**, sur un coup de tête. Il est nécessaire d'en discuter avec sa ou son partenaire afin de savoir si l'envie est partagée (la base) et, le cas échéant, d'échanger sur les attentes de chacun·e ; puis de prendre le temps d'y réfléchir longuement avant d'échanger à nouveau sur le sujet et d'en tirer de premières conclusions.

L'importance de l'équilibre dans le couple avant d'ouvrir la relation

Il est très difficile de mesurer l'impact que peut avoir l'ouverture du couple et les bouleversements intérieurs dont elle peut être responsable. Malgré notre capacité à nous projeter dans l'avenir, il demeure très peu probable d'envisager tous les scénarios possibles.

Pour limiter les conséquences imprévues et les déconvenues, certaines règles peuvent être mises en place. L'une d'elles consiste à s'assurer de l'équilibre de son couple. Par exemple, ouvrir sa relation alors que les tensions sont récurrentes ne ferait qu'envenimer la situation. Même constat pour les personnes qui voient dans le couple libre une manière de sauver une relation qui bat de l'aile. Se jeter à corps perdu sur cette nouvelle voie ne ferait que renforcer les risques de rupture.

Qu'on se le dise, la très grande majorité des personnes qui s'épanouissent pleinement à travers ce mode de vie ont une confiance aveugle en leur partenaire. Elles entretiennent une communication fluide, ouverte et tâchent d'être honnêtes l'une envers l'autre, quels que soient le sujet à traiter ou les difficultés à surmonter. Certes, la construction d'un tel équilibre dans le couple nécessite du travail, sur soi comme à deux. Les échecs font également partie de l'expérience. Néanmoins, certain·es s'y épanouissent. **Pourquoi pas vous ?**

Cadre, partage et complicité

Par cadre, on peut aussi entendre règles. Même si elles peuvent paraître contraignantes de prime abord, elles sont essentielles à la sécurité et l'épanouissement de chacun·e au départ, quitte à ce que certaines soient abandonnées par la suite. Elles doivent avant tout être communes et correspondre pleinement aux partenaires.

Parmi celles qui reviennent régulièrement dans les échanges que j'entretiens avec la communauté :

- protections obligatoires (préservatif, digue dentaire pour le sexe oral...) ;
- les relations extérieures ne doivent pas prendre le pas sur la relation de couple ou la vie de famille ;
- pas plus d'une rencontre chacun·e par semaine, par mois, par trimestre, par an... ;
- informer sa ou son partenaire des dates et horaires des rencontres, des lieux dans lesquels on se rend, de l'identité de la personne que l'on rencontre (non pas pour surveiller

chaque fait et geste mais par souci de sécurité) ;
- laisser son téléphone portable allumé en cas d'urgence ;
- définir un mot d'urgence pour tout stopper à distance si l'un·e des deux membres du couple revient sur sa décision ;
- ne réserver telle ou telle pratique qu'à sa ou son partenaire ;
- les échanges virtuels doivent rester ponctuels et limités ;
- chacun·e doit respecter le jardin secret de l'autre ou, au contraire, chacun·e peut partager certains détails de la rencontre.

Vous l'aurez certainement compris, **définir des règles permet de se rassurer mutuellement tout en sortant de sa zone de confort** et en limitant la survenue de sentiments négatifs.

Parallèlement, s'organiser régulièrement des moments pour partager son amour et réitérer sa confiance en l'autre permet de **remettre à niveau sa jauge affective**. Bien entendu, ces moments ne doivent pas se substituer aux marques d'affection portées quotidiennement. Ils viennent s'ajouter à ceux déjà existants et permettent d'**échanger sur les craintes de chacun·e**, de façon à continuer d'avancer sur la question sereinement, que l'on ait déjà tenté l'expérience ou non. Parallèlement, que ce soit à travers des moments de rire, de tendresse, de sensualité, de soutien ou de connivence, **entretenir la complicité** permet de garder des liens très forts avec sa ou son partenaire et de travailler sa *compersion*.

Faire preuve de compersion

La compersion est le sentiment que l'on éprouve lorsqu'on **se réjouit du bonheur d'autrui** et, en l'occurrence, du bonheur de sa moitié. Certain·es diront même que le sentiment éprouvé est **à l'opposé de la jalousie**.

Pour la petite histoire, il s'agit d'un terme né dans les années 1970 aux États-Unis dans le milieu polyamoureux, et qui a depuis fait son bonhomme de chemin puisqu'il s'inscrit de plus en plus dans les relations ouvertes.

Travailler sa compersion permet de **s'extirper plus facilement des sentiments négatifs** qui peuvent survenir ponctuellement en étant simplement heureux·se de savoir l'autre comblé·e. Dans les faits, entretenir la compersion est **un travail quotidien** qui nécessite de remettre en perspective la vision que l'on a du couple pour tâcher de n'en garder que le meilleur et tendre vers un bonheur inépuisable.

La relation libre et l'adultère ne sont en rien liés

Certain·es d'entre nous établissent rapidement un lien entre relation libre et adultère. Néanmoins, la différence entre ces deux concepts est de taille. Là où la relation libre est avant tout une affaire d'honnêteté et de confiance entre les partenaires, l'adultère se commet la plupart du temps dans l'ombre et le mensonge. Ici, il n'est nullement question de tromper sentimentalement ou sexuellement son ou sa conjoint·e, puisque chacun·e consent à ce que l'autre aille voir ailleurs.

Autre différence : lorsqu'un adultère est révélé au grand jour, qu'il soit pardonné ou non, les conséquences sont la grande majorité du temps négatives et impactent les sphères sentimentale, émotionnelle, psychologique et sexuelle. Dans le cadre du couple libre, ce risque est limité par les règles définies ensemble et la transparence de chacun·e.

Enfin, il est à noter que, lorsqu'on fait référence à l'adultère, on fait inévitablement référence à la **notion d'infidélité**. D'ailleurs, chaque personne possède sa propre définition de la fidélité, et les contours d'une relation se dessinent en fonction de ce que l'on souhaite **offrir** (ou plutôt, devrais-je dire **laisser intact**) ou prendre chez l'autre en termes de libertés.

Ces libertés, nous les définissons selon quatre catégories d'exigence.

1. Implique le sexe et les sentiments, par exemple : « Je ne souhaite pas qu'iel couche et entretienne de relations amoureux·ses avec d'autres personnes. »
2. Implique uniquement le sexe, par exemple : « Je ne souhaite pas qu'iel couche avec d'autres personnes. »
3. Implique uniquement les sentiments, par exemple : « Je ne souhaite pas qu'iel tombe amoureux·se d'une autre personne. »
4. **N'implique aucune restriction :** « Iel est libre de faire ce que bon lui semble, selon ses attirances physiques et affectives. » **(Les couples libres et le polyamour s'inscrivent dans cette catégorie.)**

En fonction de la catégorie dans laquelle se place l'infidélité en question, vous pouvez vous référer à ce que j'appelle **l'échelle d'exigence**, sur laquelle vous pouvez déplacer votre curseur comme bon vous semble. Selon où vous le placerez, il définira votre réaction et les conséquences qui découleront de ladite infidélité. L'échelle d'exigence s'étire sur trois paliers :

- **acceptation :** « J'accepte cette infidélité en pleine conscience, et celle-ci n'aura aucune incidence ni sur notre couple ni sur nos individualités » ;

- **pardon :** « Il m'a fallu du temps pour digérer cet événement, mais je décide d'accorder mon pardon, à condition que nous refondions notre couple sur de nouvelles bases, plus saines et plus solides » ;
- **rupture :** « Aucun retour en arrière n'est possible. J'ai été blessé·e et ma reconstruction ne sera possible qu'à travers une séparation. »

Évidemment, dans la vie de tous les jours, cette échelle est nettement plus nuancée. On peut parfaitement se situer entre le pardon et la rupture ou entre l'acceptation et le pardon.

Dans le cadre de la relation non exclusive, cette échelle fonctionne lorsque l'une des règles établies n'a pas été respectée.

Pour conclure, je suis tenté d'ajouter que la philosophie véhiculée par la non-exclusivité sexuelle ou amoureuse est tout aussi respectable qu'un mode de vie dit *classique*, et réciproquement. Il s'agit simplement de deux directions différentes qu'il convient de choisir selon ses affinités, mais aussi selon l'évolution des envies de chacun·e au fil du temps. En effet, il n'est pas rare de voir des couples exclusifs depuis vingt ans se lancer dans l'aventure de la liberté sexuelle.

Les points essentiels à retenir

- LA RELATION LIBRE EST UN CADRE DE VIE OFFRANT LA POSSIBILITÉ POUR CHAQUE PARTENAIRE D'ENTRETENIR DES RELATIONS SEXUELLES OU AMOUREUSES AVEC D'AUTRES PERSONNES QUE SON OU SA CONJOINT·E.
- CE MODE DE RELATION EST PRINCIPALEMENT BASÉ SUR L'ÉQUILIBRE DU COUPLE, LA CONFIANCE MUTUELLE, LA COMMUNICATION, LA TRANSPARENCE ET LA COMPERSION.
- DÉFINIR DES RÈGLES DE DÉPART PERMET D'ÉVOLUER DANS UN ENVIRONNEMENT SÉCURISANT. CES RÈGLES DOIVENT ÊTRE COMMUNES ET FAIRE CONSENSUS.
- NON-EXCLUSIVITÉ ET ADULTÈRE SONT À DISSOCIER : L'UNE IMPLIQUE LA CONFIANCE ET LA TRANSPARENCE ; L'AUTRE, LA DISSIMULATION ET LE MENSONGE.

Les questions à se poser pour avancer sur ce sujet

- AI-JE DÉJÀ SONGÉ À OUVRIR MON COUPLE ? SI OUI, POUR QUELLES RAISONS ?
- LE BON ÉQUILIBRE DE NOTRE COUPLE ET NOTRE CONFIANCE MUTUELLE SONT-ILS AU BEAU FIXE OU SOMMES-NOUS PLUTÔT SUJET·TES AUX TENSIONS ?
- QUELLES RÈGLES COMMUNES POUVONS-NOUS METTRE EN PLACE AVANT DE NOUS LANCER ?
- DE QUELLES MANIÈRES POUVONS-NOUS ENTRETENIR NOS COMPERSIONS RESPECTIVES ?

12

Matias applique un peu de cire sur ses cheveux puis se parfume. Il se regarde dans le miroir et souffle un grand coup.

– Stressé ? lui demande Lola qui, de la chambre d'à côté, l'a entendu soupirer.

– Un peu... répond-il froidement.

– Chéri ? Tu veux me parler ?

– Non, ne t'inquiète pas, ça va.

La jeune femme débarque dans la salle de bain et s'approche de son mari.

– Chéri, parle-moi.

– C'est bon, ça va. Ne t'en fais pas.

– Non, mon cœur. Je te connais. Ça ne va pas. Tu as peur que ça ne matche pas avec elle ?

Le garçon réfléchit longuement puis finit par lâcher :

– C'est le fait de te savoir avec un autre ce soir qui me stresse.

Trois mois se sont écoulés depuis que les amoureux ont échangé sur l'ouverture potentielle de leur couple. Après avoir pris le temps de la réflexion, après s'être rassurés et avoir réitéré la confiance qu'ils ont l'un en l'autre, Lola et Matias ont décidé d'un commun accord de tenter l'expérience. Après avoir écumé les sites de rencontres pendant quelques semaines, tous deux ont pu décrocher un rendez-vous, chacun de leur côté.

– Bébé, reprend Lola, je te l'ai déjà dit. Si tu veux annuler, on annule. Je ne t'en voudrai pas, d'accord ?

– Non, on ne va pas annuler au dernier moment. Ça va aller, j'ai simplement besoin de souffler quelques minutes.

– Dans ce cas, je vais te laisser souffler. Mais avant, laisse-moi te parler. Il y a entre nous quelque chose d'indéfectible, et rien ni personne ne changera jamais ça, tu m'entends ? Jamais. Tu es l'homme de ma vie. Tu me combles de bonheur à tous les niveaux. Nous allons nous quitter le temps d'une nuit et nous retrouver demain, amoureux comme toujours. Je te le promets.

L'air grave, le jeune homme digère en silence les mots de sa partenaire. Lola, qui perçoit sa détresse, se rapproche de lui et le serre contre elle. Matias esquisse un sourire timide et se retourne.

– Merci, mon cœur...

– Ne me remercie pas. C'est normal. Je suis ta femme.

– Je sais. Mais ça me saoule d'avoir du mal à l'entendre. Tu n'as pas de craintes, toi ?

– Aucune. Je me dis que c'est du bonus, que c'est positif, et je suis heureuse de savoir que tu vas bien t'amuser ce soir, lâche-t-elle en lui faisant un clin d'œil.

– Et pour les règles ?

– Pour les règles, on fait comme on a dit : protections obligatoires, pas de prise de risque et, s'il y a un souci, je t'appelle. De toute façon, tu as l'adresse à laquelle je me rends.

– Entendu. Tu as rendez-vous à quelle heure, déjà ?

– 20 h 30, et toi ?

– 21 heures. Je te dépose, si tu veux. C'est sur ma route.

La jeune femme affiche une moue dubitative.

– Tu es sûr que c'est une bonne idée ?

– Je ne te dis pas que je vais rentrer avec toi. Je te dépose, et je m'en vais.

– Si pour toi c'est O.K., ça me va, conclue Lola.

* * *

Le lendemain matin, le réveil est difficile. Il faut dire que la nuit a été courte pour Matias et que les choses se sont mieux déroulées que ce qu'il pensait. La jeune femme qui a partagé son lit la veille

12

est déjà partie au travail, mais a pris la peine de lui laisser un petit mot avant son départ :

Merci pour cette nuit, charmant Matias.

J'espère te revoir. Écris-moi.

Belle journée.

S.

L'amant se penche vers la commode qui jouxte le lit et s'empare de son téléphone pour regarder l'heure. 8 h 24.

– Merde. Faut que je me grouille.

En effet, le garçon a loué un appartement pour la nuit. Il doit faire le ménage et rendre les clés avant 9 heures. Avant ça, il décide d'envoyer un message à Lola.

MATIAS
Bonjour mon cœur 🤍.
J'espère que ta nuit s'est bien passée. J'ai hâte de te retrouver. Je passe te récupérer aux alentours de 9 h 30, si ça te va.
Je t'aime 😍.

LOLA
Coucou chéri 🤍.
Oui ça va, et toi ? Parfait pour 9 h 30, je suis déjà prête.
Je t'attends.
Je t'aime plus que tout 🤍.
J'ai tellement hâte de te voir 😱😍.

En moins de temps qu'il n'en faut pour le dire, le jeune homme a terminé de nettoyer les lieux et a même pu prendre une douche rapide. Sur le trajet du retour, il se remémore sa nuit brûlante, teintée de séduction, de désir et d'excitation. Et même s'il redoute quelque peu ce moment, il espère échanger avec Lola quelques détails de leurs escapades respectives.

Lorsqu'il arrive à destination, Lola l'attend devant le lotissement devant lequel Matias l'a déposée la veille. Tout sourire, elle entre dans la voiture et s'empresse d'embrasser son mari avec frénésie.

– Ça me fait tellement de bien de te retrouver, lui dit-elle entre deux baisers.

– À moi aussi, amour !

– Tu vois, je ne me sens complètement moi que lorsque tu es là.

– C'est la même chose pour moi, j'espère que tu le sais.

Elle l'embrasse à nouveau.

Durant les premiers kilomètres, un silence gêné s'installe dans la voiture. Mal à l'aise, les amoureux ne savent comment engager la conversation sans brusquer l'autre. D'un ton complice, Lola tente :

– Alors, c'est tout ce que tu as à me dire ?

Matias rit nerveusement.

– Qu'est-ce que tu veux savoir ?

– Je ne sais pas. Parle-moi de ta nuit, parle-moi d'elle. C'était comment ?

– Tu es certaine que tu veux savoir tout ça ?

– Je pense, oui. Allez, bébé ! Détends-toi, raconte-moi !

– Sûre, sûre ?

– Rhaaa ! Allez, j'ai dit oui ! rétorque Lola faussement agacée. Bon, déjà, est-ce que tu t'es couché tard ?

– 5 heures du mat'. Peut-être 5 h 30.

Étonnée, Lola réagit :

– Ah ouais ! Tu as dû bien t'amuser ! Vous l'avez fait combien de fois ?

– Bébé, je ne suis pas très sûr d'avoir envie de répondre à cette question. De toute façon, j'ai même pas compté. Et toi, tu t'es couchée tard ?

– Pas du tout. À 23 heures, j'étais déjà endormie.

– T'es sérieuse ?

– Il était fatigué.

– Oh mince… Je suis désolé… Pas trop déçue ?

– Écoute, un petit peu. Mais c'est la vie, c'est comme ça. Il y avait une attirance physique, mais pas de *feeling*, étrangement.

Penaud, Matias tente de dédramatiser :

– Au pire, dis-toi que ce sera mieux la prochaine fois.

Devant le mutisme de Lola, il enchérit :

– Enfin, si tu as envie qu'il y ait une prochaine fois, évidemment.

– Pourquoi pas, mais pas avec lui, en tout cas !

Ils se mettent à rire et retrouvent peu à peu leur complicité. Lola reprend :

– Bon, donne-moi quelques détails croustillants, que je puisse prendre du plaisir par procuration.

Embarrassé, le mari tente de faire diversion :

– Bébé, c'est chaud…

– J'imagine ! Tu as dû faire grimper la température, répond-elle en s'esclaffant.

– C'est chaud de raconter ce genre de choses, rétorque-t-il avec gêne.

– Allez, chéri !

– O.K., ça va ! Tu as gagné ! Ce que je peux te dire, c'est qu'effectivement c'était chaud.

– Hmmmm… continue. Elle était habillée comment ?

– Elle n'était pas habillée…

– Quand tu es arrivé, je veux dire.

– C'est ce que je te dis. Elle n'était pas habillée.

Lola écarquille les yeux.

– Ah ouais ! Ça t'a fait quoi ?

– C'était… surprenant !

Pendant plusieurs jours, Matias, qui s'est pris au jeu, distille peu à peu tous les détails de sa rencontre. Le couple en est désormais certain, il compte bien réitérer l'expérience.

Le samedi suivant, les amoureux décident de s'octroyer du temps pour eux en s'offrant un week-end de retrouvailles à deux heures de chez eux. Sur la route, le jeune homme, qui s'amuse à livrer un énième élément sur ses ébats, est pris d'une fulgurance :

– Au fait, j'y pense, t'as pas respecté ta part du deal, toi !

– Ma part du deal ? De quoi tu parles ?

– T'as oublié ? Quand on a commencé à parler du couple libre il y a quelques mois, tu me disais que si le sujet devenait réalité, tu me livrerais tous tes secrets.

Décontenancée, Lola réfléchit quelques instants.

– Je ne suis pas sûre que ce soit le bon moment pour parler de ça.

Matias s'interroge et fronce les sourcils.

– Oula... qu'est-ce qu'il se passe ?

– Je savais que j'aurais dû me taire, chuchote Lola.

– Chérie ? Tu commences à me faire flipper, là. C'est quoi, ce secret ?

– C'est rien.

– Mon cœur ? S'il te plaît...

– C'est rien, je te dis.

Anxieux, le jeune homme commence à perdre son sang-froid.

– Lola, s'il te plaît, dis-moi ce que tu me caches !

– Tu ferais mieux de regarder la route.

– Mais c'est dingue, ça ! Tu lances des trucs dans le vent et je dois me débrouiller avec ça ? C'est ça que tu es en train de me faire comprendre ? C'est quoi ton problème Lo...

– J'ai vécu une relation polyamoureuse juste avant toi ! Ça te va ? avoue la jeune femme.

Matias semble ne pas comprendre.

12

– Attends… Quoi ?

– Quelque temps avant qu'on se rencontre, je suis tombée amoureuse d'un homme. J'étais en couple avec mon conjoint de l'époque et je suis tombée amoureuse d'un autre, tout en continuant d'éprouver des sentiments pour lui.

Estomaqué, le garçon reste muet.

– Je ne pouvais pas choisir entre les deux, alors, d'un commun accord, nous avons décidé qu'il serait possible pour moi de vivre un amour pluriel.

– Attends, attends. C'est une blague ? Dis-moi que tu me fais marcher.

– Sur le moment, quand je t'ai parlé de mes secrets, j'étais persuadée que je pourrais te le dire. Puis le temps a passé et je n'en ai plus eu le courage.

– Non, mais je rêve, Lola ! Et tu me dis ça maintenant, alors qu'on est en couple non exclusif ? Ton secret, là, c'était quoi, au juste ? Une carotte pour me pousser à accepter d'ouvrir notre couple ?

– Mais pas du tout ! Ne mélange pas tout !

– J'arrive pas à croire que tu m'aies manipulé comme ça… J'arrive pas à croire que tu m'aies menti pendant si longtemps.

– Matias…

– Laisse-moi terminer. Tu sais pourquoi je suis furieux ? En soi, je n'ai aucun problème avec le polyamour. En revanche, j'en ai un avec le fait que tu n'aies pas jugé bon de m'en informer au moment où nous parlions de couple libre. Parce que, sachant ça, j'aurais pu prendre une tout autre décision.

– Je te rappelle que c'est toi qui as soumis l'idée d'ouvrir notre couple !

– Et moi, je te rappelle que c'est toi qui as joué les innocentes avec tes : « Moi ? Attirée par un autre que toi ? Non, jamais, ô grand jamais ! »

La jeune femme serre les dents mais ne parvient pas à contenir sa rage :

– C'est bon, stop ! Crois ce que tu veux !

– Bravo, Lola ! Encore une belle preuve de maturité ! lance Matias avec dédain.

– Tu veux vraiment parler de maturité alors que tu es en train de geindre pour quelque chose qui s'est passé *avant* toi Matias ? AVANT toi ! Je n'avais aucun compte à te rendre, pourtant, j'ai partagé ce secret avec toi !

– À quel prix ! J'ai bien fait d'insister, sans quoi, tu ne me l'aurais jamais dit !

– Mais bien sûr que si !

– Ah bon ? Tu n'avais pas l'air d'en être si certaine il y a seulement quelques minutes !

Tout au long du trajet, les cris fusent, et tous deux campent sur leur position. En trois ans de relation et deux ans de mariage, malgré les obstacles franchis, jamais le couple n'avait connu pareille dispute.

Quand ils arrivent à destination, Matias claque la portière de la voiture, prend ses affaires et s'empresse de rentrer dans la maison qu'ils ont louée. Furieuse, Lola lui emboîte le pas. Dans l'entrée, il jette son sac de sport qui heurte un miroir sur pied.

– Il t'a rien fait, le miroir, O.K. ? s'exclame Lola.

– Ne m'adresse pas la parole !

– Et puis quoi ? Tu comptes faire l'autruche comme ça pendant des semaines ?

– Ne me parle pas, je n'ai plus rien à te dire ! J'arrive pas à croire que tu m'aies trahi...

– Ah ouais ! Tu parles carrément de trahison, maintenant ?

– T'appelles ça comment, toi ? Non, attends. Laisse-moi deviner... de l'honnêteté, peut-être ? lâche Matias avec ironie.

12

– Change de disque, un peu ! C'est du passé, Matias ! Je ne te dois strictement rien, O.K. ? Que tu l'acceptes ou non, c'est arrivé ! Ça fait partie de ma vie, ça fait partie de moi. Tu peux l'entendre, ça ?

– Non, justement. D'ailleurs, j'en ai assez entendu ! Et vraiment, crois-moi, j'en ai ma claque ! D'ailleurs, tu sais quoi ? Moi aussi, je vais t'avouer un secret : c'est fini ! Je prends le premier train et je me tire ! Tu peux garder la voiture !

Les derniers mots de Matias heurtent Lola comme un uppercut. Sonnée, elle perd ses repères et sent son monde s'écrouler.

– Chéri, s'il te plaît, écoute-moi...

– Ne m'appelle plus « chéri », répond-il en récupérant son sac.

La poitrine serrée, la jeune femme sent un torrent de larmes se déverser sur ses joues. La douleur qu'elle ressent, insoutenable, lui coupe le souffle. Elle s'effondre dans le canapé. Conscient de la brutalité de ses mots, Matias s'approche d'elle pour lui présenter des excuses et dépose sa main sur la sienne pour tenter de la réconforter, en vain.

– Lola... regarde-moi. Je suis désolé...

– Désolé de quoi, au juste ? De m'avoir fait du mal ou d'envoyer valser trois belles et longues années d'amour et de complicité en un claquement de doigts ?

– J'ai besoin de temps...

– Ça sonne pourtant comme une rupture. Comment est-ce que je vais faire ? demande-t-elle, paniquée.

– Comment est-ce que tu vas faire quoi ?

Au bord de la crise d'angoisse, elle marmonne :

– Putain... putain... c'est pas possible... C'est pas possible... Je peux pas le garder...

– Lola, calme-toi et explique-moi. Tu commences à me faire flipper. Tu ne peux pas garder quoi ?

– Tu comprends donc rien ?

– Mais, qu'est-ce que je devrais comp...

– Je suis enceinte, Matias !

Lexique

Adultère : violation du serment de fidélité échangé entre deux personnes.

Aromantique : qualifie les personnes qui ne ressentent ni ne développent d'attirance ou de sentiments amoureux envers d'autres.

Asexuel·le : qualifie les personnes qui ne ressentent pas (ou peu) d'attirance sexuelle envers elles-mêmes ou d'autres personnes.

Audio porn : littéralement « pornographie audio », souvent un récit érotique et explicite qui met en scène des protagonistes ou qui s'adresse directement à l'auditeur·rice.

Cisgenre : dont l'identité de genre correspond à celle qui a été attribuée à la naissance : une personne qui s'identifie comme femme et qui a été genrée « fille » à la naissance.

Dick pic : expression anglaise qui désigne une photo de pénis. « L'envoi d'une telle photo lorsqu'elle n'est pas sollicitée est une forme de cyberviolence sexuelle » (*Le Dico du cybersexisme*, #stopcybersexisme).

Digue dentaire : carré de latex ou de polyuréthane à placer sur l'anus ou la vulve avant un rapport oral, pour éviter la transmission d'IST.

Dopamine : également appelée « hormone du bonheur », elle est responsable du plaisir immédiat et est liée au désir sexuel.

Endorphine : hormone libérée par le cerveau dans les moments d'efforts physiques et lors de l'orgasme. Elle permet de lutter contre la douleur grâce à ses propriétés analgésiques.

Facesitting : pratique sexuelle consistant à s'asseoir sur le visage de sa ou son partenaire en vue de la réalisation d'un cunnilingus ou anulingus. Elle peut également entrer dans le cadre des jeux de privation (respiratoire, par exemple), de soumission et d'humiliation.

Fétichisme : attirance ou excitation sexuelle provoquée par une partie du corps (les pieds, par exemple), un objet (un sous-vêtement, par exemple) ou une matière (comme le latex).

Hétéronormé : qui suit les codes hétérosexuels, dominants dans la société.

IST : infection sexuellement transmissible. Les IST sont dues à des bactéries, des virus ou des parasites et transmises par voie sexuelle. Selon l'Assurance maladie, les IST bactériennes et parasitaires les plus fréquentes sont la syphilis, la gonorrhée, la chlamydiose et la trichomonase. Du côté viral, ce sont l'hépatite B, l'herpès génital, le VIH et le papillomavirus humain (VPH) qui touchent le plus de personnes.

Jeux de bougies : réalisés avec des bougies spécialement conçues pour la pratique (attention à ne jamais utiliser de bougies ordinaires !), ils consistent généralement à faire couler de la cire chaude sur sa ou son partenaire dans le cadre d'un massage ou d'un jeu BDSM. Il est primordial de pratiquer en toute sécurité !

Langages amoureux : dans son livre *Les Langages de l'amour*, l'auteur Gary Chapman fait référence à 5 langages de l'amour :

1. le contact physique (à travers le toucher : câlins, baisers, effleurements...) ;
2. les cadeaux (achetés, fabriqués ou trouvés) ;
3. les moments de qualité (être ensemble, le dialogue, les activités qualitatives...) ;
4. les paroles valorisantes (compliments, encouragements, excuses...) ;
5. les services rendus (l'aide, l'accompagnement, le soutien...).

Lulibérine : hormone produite par le cerveau et sécrétée au début du rapport sexuel, favorise le contact.

Mainstream : qui fait partie du courant dominant.

Ocytocine : également appelée « hormone de l'attachement », elle contribue à créer des liens et favorise les relations intimes.

Pegging : également appelée *chevillage*. Pratique anale pénétrative réalisée à l'aide d'un gode ceinture.

Phallocentrisme : tendance à tout ramener à la symbolique du phallus.

Polyamour : mode de relation ouvrant la possibilité d'entretenir des relations sentimentales avec une ou plusieurs personnes.

Polygamie : mariage d'un homme avec plusieurs femmes, ou d'une femme avec plusieurs hommes, en même temps.

Privation sensorielle : pratique BDSM consistant à priver le·a partenaire d'un ou plusieurs sens afin de lui faire ressentir les choses différemment. Exemples : privation de la vue avec un bandeau, privation du toucher ou du mouvement avec des menottes, privation auditive à l'aide de bouchons d'oreilles…

Revenge porn : littéralement « vengeance pornographique », mise en ligne publique d'un contenu sexuellement explicite sans consentement de la personne concernée.

Sérotonine : hormone libérée au moment de l'orgasme et activée par l'effort physique.

Sex friends : personnes qui partagent relation d'amitié et rapports sexuels, la plupart du temps sans engagement.

Slow sex : littéralement « sexe lent ». Pratique qui prône l'abandon de la performance.

Testostérone : produite par les hommes comme par les femmes (en quantité moindre), cette hormone stimule notamment le désir sexuel.

Urophilie : attirance sexuelle pour l'urine, les jeux d'urine.

Ressources

Bibliographie

Camille BATAILLON, *Réinventer sa vie intime après bébé*, Kiwi, 2021.

Gary CHAPMAN, *Les Langages de l'amour*, Farel, 2002, 2015 (poche).

Dossie EASTON et Janet HARDY, *La Salope éthique. Guide de polyamorie respectueuse pour des relations sereines*, Tabou, 2013.

Masha Sexplique, *Sexplorer. 50 pages de conseils pratiques pour cultiver la jouissance au quotidien*, Mango, 2021.

Mungi NGOMANE, *Ubuntu, je suis car tu es. Leçons de sagesse africaine*, Harper Collins, 2019.

Jüne PLÃ, *Jouissance Club. Une cartographie du plaisir*, Marabout, 2020.

Amal TAHIR, *Bien dans ma tête, bien dans ma culotte*, Kiwi, 2020.

Charline VERMONT, *Corps, amour, sexualité : les 100 questions que vos enfants vont vous poser*, Albin Michel, 2021.

Web

#stopcybersexisme, le site conçu par l'Observatoire régional des violences faites aux femmes du Centre Hubertine Auclert dans le cadre de la campagne « Stop Cybersexisme » en 2016-201, une mine d'informations concernant le sexisme en ligne : *www.stop-cybersexisme.com*.

Santé publique France, l'agence nationale de santé publique française, sur le site de laquelle vous trouverez des réponses précises à vos questions autour de la santé : *www.santepubliquefrance.fr*. L'agence réalise aussi des études, parmi lesquelles je vous recommande :

→ Bajos N., Rahib D., Lydié N., « Genre et sexualité. D'une décennie à l'autre. Baromètre santé 2016 », Santé publique France, 2018.

Fil Santé Jeunes, un organisme financé par Santé publique France qui vise à répondre à toutes les questions santé et sexo des adolescent·es et jeunes adultes : un numéro vert (0 800 235 236) et *www.filsantejeunes.com*.

Sidaction, pour s'informer sur le VIH, participer à la lutte contre le tabou et soutenir la recherche : *www.sidaction.org*.

Charles, la clinique digitale, pour consulter un·e sexologue et se renseigner sur les pathologies et troubles sexuels masculins (disfonction érectile, éjaculation précoce, etc.) : *www.charles.co*.

Mia, la plateforme de santé féminine pour consulter un·e sexologue et se renseigner sur les pathologies et troubles sexuels féminins (perte de libido, vaginisme, dyspareunie, endométriose...) : *mia.co*.

Le **Planning familial**, *la* ressource pour toutes vos questions autour de la sexualité et de la contraception, et *le* lieu à connaître pour une prise en charge garantie, remboursée et un anonymat préservé : *www.planning-familial.org*.

Jeux

La Boîte Jouissance club – 200 cartes pour engager la discussion et passer à l'action

« La communication dans le couple, c'est la clé ! Grâce à ces cartes, abordez tous les sujets, tabous ou non, pour vous connaître en profondeur ; puis passez à la pratique en testant les gestes, les fantasmes, les techniques et les expériences les plus intimes pour toujours plus de plaisir et pourquoi pas faire perdurer le désir dans votre couple. »

Totem

« Totem, c'est le jeu de développement personnel qui permet de vous amuser tout en découvrant vos forces et qualités à travers le regard des autres. À tour de rôle, chaque joueur assiste à la construction d'un totem à son image. Celui-ci est constitué d'une carte "animal" associée à une force, et d'une carte "qualité", toutes deux choisies par les autres joueur·ses. Préparez-vous à recevoir une vague d'amour dont chacun·e se souviendra longtemps. »

Comptes Instagram

- @mister.ose (coucou, c'est moi ! Abonnez-vous) ;
- @orgasme_et_moi
- @jouissance.club
- @mashasexplique
- @jemenbatsleclito
- @wicul_
- @mercibeaucul_
- @clemityjane
- @camilleparlesexe
- @sexopsycho
- @amaltahir
- @re_jouissance
- @jessicapirbay
- @steph_doe_mlle
- @alexandrahubin
- @lanature_de_dys
- @une_abeille_virtuelle
- @sexologue_therapeute
- @vilmer.tristan
- @sex_actualité
- @la_chatoyante
- @my.sexo
- @les_sexosophes
- @marlow_sexo

- @sexiez_vous_que
- @yes.weken
- @mysteretbouledorgasme
- @monsexeetmoi
- @charline.sagefemme
- @sexo_theory
- @margot.fried.filliozat
- @lesgarconsparlent
- @nos_allies_les_hommes
- @sidaction
- @amours_solitaires

et tant d'autres... !

Remerciements

Merci à Marine, ma femme, ma meilleure amie, ma confidente, mon tout. Merci pour nos belles et longues discussions, pour ton soutien, ton écoute, ta bienveillance, ta sensibilité, ton ouverture d'esprit et ton amour sans faille depuis le premier jour. Je me sens chanceux de t'avoir à mes côtés.

Merci à H. et N. Vous faites de moi le papa le plus comblé qui soit. Vous ne lirez ces lignes que dans quelques années, mais rien n'aura changé et ne changera jamais. Je suis fier de vous, maintenant et pour toujours.

Merci à mes parents, mes sœurs, mon frère, mes beaux-parents, mes belles-sœurs, ma famille... Votre soutien dans toutes mes aventures, quelles qu'elles soient, n'a pas de prix... Merci pour l'amour inconditionnel que vous m'offrez et la force que vous me transmettez.

Merci à Mathilde et Thomas. Lola et Matias ont un peu de vous en eux. Merci pour vos confidences, votre confiance, votre sincérité à toute épreuve, votre liberté d'être et votre amitié.

Merci, Adrien, pour ton écoute, tes conseils avisés, ton amitié, ton aide précieuse, ton soutien et ta présence depuis bientôt dix ans dans chaque moment-clé de ma vie.

Merci à Katia Kaloun, la plus exceptionnelle des directrices éditoriales. Merci pour ton écoute, ta confiance, ta patience, ta douceur et ta gentillesse. Sans toi, ce livre n'existerait pas. Merci à mon éditrice, Lucie Bernamont. Merci pour ta bienveillance, ton incroyable travail d'accompagnement, de relecture et de réflexion qui donne encore plus de force à ce premier ouvrage. Un immense merci également à toute l'équipe de Kiwi (et tout particulièrement à Charlotte, Elya, Marion et Céline) qui fait un travail absolument formidable.

Merci à Amal Tahir (@amaltahir) d'avoir accepté de préfacer cet ouvrage. Merci également pour ton travail qui contribue grandement à faire avancer les sujets de sexualité.

Merci à toutes les personnes qui, de près ou de loin, m'ont témoigné leur soutien ces trois dernières années.

Merci à tous·tes les créateur·rices de contenus qui œuvrent sans relâche pour s'emparer des sujets sexo. Merci pour cet immense travail de qualité, merci de donner de votre temps pour que le plus grand nombre puisse avoir accès à une éducation sexuelle positive et respectueuse.

Enfin, merci à vous, abonné·es et lecteur·rices. Merci pour votre soutien et votre confiance, pour vos témoignages, vos retours et votre bienveillance. Sans vous, rien de tout ça n'aurait été possible.

Dépôt légal : août 2022

Achevé d'imprimer en juillet 2022 par Dupliprint.
N° d'impression : 2974151F

Imprimé en France